Erzählungen

變形記及其他

卡夫卡中短篇小說選

Franz Kafka

法蘭茲・卡夫卡

萬壹遵——譯

通往想像世界的大門：那些受卡夫卡影響的藝術家們

耿一偉（台北藝術大學戲劇系兼任助理教授）

二〇〇六年村上春樹獲頒卡夫卡獎時，他說：「卡夫卡的作品是如此偉大，它具有某種普世價值。我會很直接將他理解為歐洲文化的核心。但在同一時間，我們也分享著他的作品。我十五歲的時候，第一次讀到他的作品《城堡》，當時我並不覺得『這本書是歐洲文化的核心』，我只是覺得『這是我的書，這本書是寫給我的』。」

卡夫卡是極度敏感的人，這種藝術家特質，讓他將寫作視為宗教。卡夫卡成年後一直處在婚姻與創作的痛苦拉鋸中，再加上來自父親的強大壓力，種種不得已與掙扎，無不讓年輕時就想做自己的青年藝術家們，感到心有戚戚焉。

正是這樣超越時代的共鳴，使卡夫卡的作品成為無數創作者的靈感啟迪，它們不僅成為跨越時代的現代文學經典，更跨越藝術門類的分野，在舞蹈、戲劇、電影，乃至繪畫、音樂等創作領域，繁衍出包羅萬象的想像世界。

肢體美學：舞蹈與戲劇

在卡夫卡的相關改編作品中，富有肢體語言的舞蹈與戲劇，尤其成果豐碩，這是因為表演藝術曾在他早期的創作道路上留下了深深的烙印。在創作成名作《判決》（一九一二年九月）與代表作《變形記》（一九一二年十一至十二月，有時譯為《蛻變》）之前，在一九一一年十月到一九一二年二月間，卡夫卡與來自波蘭的猶太劇團演員勒維（Jizchak Löwy）成為好友，觀賞了劇團的二十多場演出。不少研究都指出，這個猶太劇團對正往文學之路邁進的卡夫卡，有著關鍵性的影響，特別是對肢體語言的重視。對這個議題有興趣的朋友，不妨參考《卡夫卡與意第緒語劇場：它對他作品的影響》（*Kafka and the Yiddish Theater: Its Impact on His Work*）一書。

不可否認，在卡夫卡的所有作品中，《變形記》當然是最具代表性與最能引發共鳴的一部，相關的改編作品與類型也最多。來自南非的編舞家亞瑟·皮塔（Arthur Pita）於二〇一一年為英國皇家芭蕾團創作的《變形記》是近年來最知名的舞作，並獲得南岸藝術中心舞蹈獎（South Bank Award for dance）與英國國家舞蹈獎的現代舞最佳編舞獎（National Dance Award for best modern choreography），在YouTube上可以看到完整演出影片。

至於在台灣演出過的改編作品，比如西班牙拉夫拉前衛劇團（La Fura dels Baus）的《蛻變》於二〇〇五年在國家劇院演出。他們並沒有讓主角演一隻蟲，而是將他放在一個透明房間，用隱藏式攝影機拍攝這位年輕人的一舉一動，因為宅男就是當代的莎姆莎，沒有能力與外界溝通，只能成天待在房間裡。

二〇一三年，當代傳奇劇團的吳興國，以獨角戲結合多媒體的方式來演出《蛻變》，並先於愛丁堡藝術節首演。他飾演的莎姆莎是傳統戲曲的化身，被象徵現代性的多媒體所圍繞著，只能變成一隻蟲。二〇一五年日本導演兼編劇平田織佐的《蛻變——人形機器人版》在台北藝術節演出，這齣戲有主演《紅色情深》、《雙面薇若妮卡》的坎城影后伊蓮．雅各（Irène Jacob）加持，平田織佐讓機器人來代替蟲，探討近未來ＡＩ取代人類的議題：「究竟是什麼讓我們成為人類？能被他人認同為一個人類，所需要的條件是什麼？……我們人類，在明天或許也會成為蟲子般荒誕的存在。我們人類，是無法證明自己與機器人差別的荒誕的存在。」來自台南的稻草人舞團於二〇一八年發表的《虫-卡夫卡．原型計畫》，同樣改編自《變形記》，讓舞者用穿戴感應裝置去驅動機械蟲，使其產生動作，藉此尋找新的舞蹈肢體語彙。

諾貝爾文學獎得主紀德改編的舞台劇《審判》（*Le Procés*），於一九四七年在巴黎上演，由法國知名導演與默劇演員巴洛（Jean-Louis Barrault）擔任導演與主演。後來巴洛又在一九五七年執導了《城堡》（*Le Château*），並飾演主角K。巴洛相當注重肢體的精確度，反映了表演藝術界以肢體美學解讀卡夫卡作品的偏好。卡夫卡在文字描述上偏好外部動作，有著強烈的視覺精確性，有時讀起來像舞台指示。

媒介的變形：動畫、漫畫、電影與音樂

二〇二四年適逢卡夫卡逝世一百週年，布拉格的多克斯當代藝術中心（DOX Centre for Contemporary Art），舉辦了「卡夫卡式的」（KAFKAesque）

的藝術展，邀來全球三十多位受到卡夫卡影響的當代藝術家，展出相關作品，包括透納獎得主蘇格蘭藝術家道格拉斯・戈登（Douglas Gordon）、美國大導演大衛・林區（David Lynch）、捷克動畫大師楊・斯凡克梅耶（Jan Švankmajer）等。斯凡克梅耶向來以超現實主義風格的停格動畫聞名，被譽為「動畫界的卡夫卡」，他最具卡夫卡風格的動畫，是能在YouTube上欣賞的無對白短片《公寓》（*Byt*, 1968）。

捷克藝術家對卡夫卡的興趣，特別是透過超現實主義這條線，可以回溯到更早。捷克文譯本《城堡》（*Zámek*）於一九三五年出版時，封面是由二十世紀捷克最重要的藝術家朵妍（Toyen）所設計，她是捷克超現實主義於一九三三年創立時的主要成員之一，後來長居巴黎，強烈影響了後來捷克藝術界對超現實主義的偏愛。

當然，最受歡迎的卡夫卡繪畫，出現在幾乎造訪布拉格的旅客都會買的卡夫卡T恤或卡片上，黑色的孤單卡夫卡走在黃色的布拉格大道，是插畫家伊吉・沃特魯巴（Ji i Votruba）的作品。此外，奧地利的漢斯・佛尼爾斯（Hans Fronius）是長年致力於繪畫卡夫卡的知名藝術家，他從一九二六年開始創作以卡夫卡作品為主題的畫作，一直到他過世為止，時間長達六十年。總部在慕尼黑的貝塔斯曼出版社（Bertelsmann Verlag）於一九六三年出版的插圖本《城堡》（後來再版多次），特別在書封用大字體強調是佛尼爾斯的插畫。

在台北歌德學院、德國在台協會捷克辦事處的支持下，二〇二四年九月在台灣文學基地舉辦「遇見卡夫卡」的逝世百週年紀念展，將展出奧地利知名漫畫家尼古拉斯・馬勒（Nicolas Mahler）的作品海報。他是德語國家最富盛名的漫畫／圖像小說獎「馬克斯與莫里茨獎」（Max und Moritz Prize）的二〇一〇年最佳漫畫家得主。尼古拉斯・馬勒以類似卡夫卡素描的極簡畫風，但以更輕鬆的筆觸，描繪了卡夫卡的生命點滴。展覽現場還會設置《變形記》的VR，觀眾會以莎姆莎的視角，感受一隻蟲被困在布拉格城堡的黃金巷小屋的感覺。

關於卡夫卡的影視作品，最具代表性的，是以《大國民》榮登二十世紀最佳名片榜首的導演威爾斯（Orson Welles），他於一九六二年拍攝了《審判》。以《性、謊言、錄影帶》（一九八九）、《天人交戰》（二〇〇一）而獲得坎城與奧斯卡影展肯定的導演史蒂芬·索德博（Steven Soderbergh），他執導的《卡夫卡》（*Kafka*, 1992）也經常被提及。其他重要的卡夫卡電影名單，還有英國導演大衛·瓊斯（David Jones）的《審判》（一九九二），俄國導演芭朗芭諾瓦（A. Balabanov）拍的《城堡》（一九九四），捷克導演米哈雷克（V. Michálek）所拍攝的《美國》（一九九四）與德國導演史陶柏（Jean-Marie Straub）改編自《美國》的《課堂關係》（*Klassenverhältnisse*, 1984）。以色列藝術家與導演路伊·羅森（Roee Rosen）的《給兒童的卡夫卡》（*Kafka for Kids*, 2022）改編了《變形記》，人物與場景雖然看起來很可愛，但還是少不了卡夫卡式的古怪，但更多是卡夫卡的黑色幽默，而後者經常被人們忽略。

音樂家們同樣不會放棄從卡夫卡身上得到靈感，不論是他的文學語言或是故事。匈牙利最知名的作曲家庫泰格（György Kurtág），他從卡夫卡日記與書信取材，譜成聯篇歌曲《卡夫卡斷章》（*Kafka Fragments*），成為他最常被演出的作品之一。美國極簡派作曲大師菲利普．格拉斯（Philip Glass）分別將《在流放地》（二〇〇四）與《變形記》（二〇一〇）改編成歌劇。格拉斯說：「我打從十五歲開始就認真地讀起卡夫卡。對一個年輕人來說，陌生與怪異的感受是很吸引人的。那裡頭有一種真實性。卡夫卡是通往想像世界的大門。」歷久不衰的搖滾傳奇滾石樂團的一九七五年專輯《變形》（*Metamorphosis*），唱片封面則是所有團員變成蟲的樣子。

如果沒有卡夫卡，上面這個藝術的想像世界就會在一瞬間消失。而這整個世界的總源頭（除了長篇小說《城堡》與《審判》），基本上都收錄在這本中短篇精選集當中了。而且這個世界注定還要繼續蓬勃擴大。除了已經提到的著名作品，本書精心選錄了卡夫卡的多篇傑作，這些有待發掘的寶藏，必定會讓讀者欲罷不能地創造出更豐富的世界。

而沒有卡夫卡的世界，是真正的卡夫卡式噩夢。

contents

工作吧，一則現代社畜的悲歌

逃亡吧，最後你只會跑錯方向

判決

Das Urteil

——寫給F*

本篇寫於1912年9月22日晚上十點至翌日清晨六點，卡夫卡形容為「在身體和靈魂都全然開放下」完成的作品。1913年首次發表於文學年刊《樂土》（*Arkadia*）。

那是個春光明媚的星期天早上，一位叫作格奧格．班德曼的年輕商人坐在自己位於二樓的房間。他住在沿著河畔建造的矮房子裡，這一整排房子幾乎都大同小異，只有高低和色彩的差別而已。他才剛寫完一封要寄給國外友人的信，把玩著故意慢吞吞地將信放入信封，然後把手肘撐在桌上，看著窗外的小橋流水，以及對岸開始吐翠的山丘。

他在思考，這位朋友不滿意家鄉的前景，好幾年前就已經正式逃往俄羅斯，在聖彼得堡開了一間店，剛開始經營得還很不錯。只不過生意好像已經很久沒有起色了，他每次回來都會抱怨一下，只是近來也愈來愈少來訪了。他在異鄉忙得死去活來，卻是徒勞無功，陌生的大鬍子也掩飾不了那張從小就熟悉的臉龐，面色泛黃，似乎得了什麼慢性疾病。他說，他在那邊的同鄉社群裡沒什麼真正的朋友，和當地家庭也幾乎沒有往來，已經做好一輩子當個單身漢的打算。

對於這樣一位明顯頑固的男人，應該寫些什麼內容給他才好？別人只能對他寄予同情，但是沒法給他任何幫助。也許應該建議他搬回故鄉，把生活重心移來這裡，重新和以前的朋友聯絡，然後指望友人的協助？友人的部分絕對沒有問題。但是這也同時意味著告訴他，他至今為止的嘗試都是失敗的；他應該放下一切、回到故鄉，以徹底回歸的身分接受眾人的目光；只有他的朋友可以稍微理解他的困難，他是個大孩子，只要好好追隨家鄉友人成功的步伐就好。這些話說得愈小心，其實就愈傷人。而且，有辦法保證人們對他造成的傷害有什麼意義嗎？也許根本就沒辦法把他帶回來，畢竟他自己都說過他再也無法理解家鄉的大環境了；他依然會繼續留在異鄉，各種建議只會讓他感到煩悶，並且讓他離朋友愈來愈遠。但，假設他真的聽從建議回到這裡，結果受到各種打壓——當然不是故意的，而是現實如此——，既無法打進友人的圈子，又不能不仰賴他們的幫助，終

＊編註：指的是卡夫卡當時的女友菲莉絲．包爾（Felice Bauer）。

日活在羞愧之中，最後變成真的沒有家鄉也沒有朋友。假使如此，繼續留在異鄉對他不是比較好嗎？在這種情況下，大家真的想得到他在家鄉能有什麼發展嗎？

所以，如果還想要和他保持書信上的往來，就不能像對待普通友人一樣，坦然地告訴他所有事情。這位朋友已經超過三年沒回來了，他總是輕描淡寫地解釋，因為俄羅斯的政治局勢不穩定，所以雖然有幾十萬俄羅斯人在世界各地來來往往，他們還是不允許像他這樣的小商人暫時離境。但是，對於格奧格而言，這三年來許多事情都變得不一樣了。這位朋友知道他的母親在兩年多前去世，也知道他從那之後就和老邁的父親生活在同一個屋簷下，他還曾經在信中用冷淡的口吻向他表示哀悼，冷淡的原因只是因為異鄉那裡的人很難想像為何要為這種事感到悲傷。格奧格從那時候起就更加下定決心要掌管所有事情，包括自己的店。也許是因為母親還在世的時候，他的父親在店務方面非常獨斷，阻礙了格奧格的發展機會；也許是因為受到母親去世的影響，儘管他的父親還在店裡工作，但是已經變得收斂許多；又也許主要只是因為幸運的因素——非常有可能是如此——，總之，這家店的生意在這兩年期間獲得了出乎預料的發展，員工多了一倍，營業額翻了五倍，而且鐵定還會不斷蒸蒸日上。

但是這位朋友對於這些變化一無所知。他以前還想說服格奧格一起移民到俄羅斯，在上次那封表達哀悼的信中也提過一次，而且還詳細地為格奧格分析在聖彼得堡展店的前景。只是和格奧格現在的生意規模相比，這位朋友提出的數字簡直是小巫見大巫。但是格奧格不想在信中透露自己的生意有多成功，就算他現在補上去，看起來也會很奇怪。

所以格奧格只打算向這位朋友透露一些雞毛蒜皮的小事，只有在安靜的星期天仔細回想，才會發現這些事情原來都零亂地堆積在記憶中。他想做的，無非就是讓這位朋友繼續維持他長久以來對家鄉的既有想像，而且是他能夠接受的想像。所以格奧格在三封隔了很久的信中告訴這位友人，有位無關緊要的人要和一位無關緊要的女孩訂婚，只是事情到後來完全出乎格奧格的意料，這位友人開始對這件奇怪的事情產生了興趣。

不過，格奧格還是寧願繼續寫這些內容給對方，也不願向對方坦承自己在一個月前也和一位有錢人家的小姐訂了婚，芳名叫作芙莉達・布蘭登菲爾德。他常常和新娘談起這位朋友，也會提到兩人之間的特殊通信關係。她說：「如果是這樣的話，他就不會來我們的婚禮了，但我應該有權利認識你所有的朋友吧。」格奧格回答：「我不想打擾他。我的意思是，他很有可能會來，至少我認為他會來，但他會覺得自己是被逼的，有損他的自尊，而且還會對我產生嫉妒和不滿，然後又沒辦法排解這種不滿的情緒，最後只能孤零零地回到他住的地方。孤零零——妳知道這是什麼意思嗎？」「知道，但他難道就不會透過其他方式得知我們婚禮的消息嗎？」「那樣的話，我也沒辦法，只是以他的生活方式來看，這種情況不太可能出現。」「格奧格，如果你的朋友都是這樣的人，那你根本就不應該訂婚。」「對，這是我們兩個的錯，但我不希望事情有任何改變。」在他深情的熱吻之下，呼吸急促的她又再一次表達自己的看法：「可是這真的很傷人。」這時他才覺得向這位朋友坦白一切也無妨。他對自己說：「我就是這樣的人，他必須接受我就是這個樣子。我沒有辦法把自己裁剪成一個也許更適合當他朋友的人，我就是我。」

在今天早上寫好的那封長信中，他也確實向他朋友報告了訂婚的事情，他寫道：「我把最好的消息留到最後才跟你說。我和一位有錢人家的小姐訂了婚，她的名字叫作芙莉達．布蘭登菲爾德。這家人是在你離開很久之後才在這裡定居的，所以你應該不太認識。有機會再跟你多聊聊我的新婚妻子，今天先讓你知道我真的很幸福就夠了，你我之間的關係也不會有什麼改變，除了我從平凡的朋友變成了幸福的朋友。此外，我的新婚妻子也要我誠摯地代她向你問候，她之後會自己寫信給你，她會是你可以交心的女性朋友，對於單身漢來說好像還不錯。我知道有許多事情讓你沒辦法來拜訪我們，但我的婚禮不正是拋開種種阻礙的好機會？不管怎樣，請不要有後顧之憂，只要你覺得好就行了。」

格奧格手裡拿著這封信，看向窗外，就這樣在書桌旁坐了許久。有個認識的人走過窗邊，從巷子向他打聲招呼，他也只回了一個心不在焉的微笑。

他終於把信放進口袋，走出房間，橫越狹小的走廊走進父親的房間，他已經好幾個月沒來過這裡了。平常也沒有進來的必要，因為他和父親總是在店裡碰面，也會在同一間餐館吃午餐，雖然晚餐會隨各人喜好自理，但如果格奧格沒有要去找朋友或是新婚妻子的話，他們飯後大多會一起在客廳裡坐一下，各自看各自的報紙。

格奧格很驚訝，在這個陽光普照的早上，父親的房間怎麼還是這麼暗。光線都被狹長庭院對面的高牆遮住了。父親坐在窗邊的角落，角落擺了各種裝飾紀念已故的母親，他讀著斜放在眼前的報紙，試圖藉由斜放的角度緩解視力減弱造成的不便。桌上放著吃剩的早餐，看起來似乎沒怎麼動。
「啊，格奧格！」父親說了一聲，然後馬上向他走來。厚重的睡袍在他走路時岔了開來，睡袍的長擺飄蕩在他四周——「我爸依然是個巨人。」格奧格對自己說。
「這裡實在暗得讓人受不了。」他接著說。
「是啊，本來就很暗了。」父親回答。
「你還把窗戶關起來？」
「我比較喜歡這樣。」
「可是外面真的很溫暖。」格奧格說，彷彿還沉浸在之前的情景，然後坐了下來。
父親把桌上吃剩的碗盤收一收，放在櫃子上。
「我其實只想跟你說，」格奧格不抱希望地看著老男人的動作，繼續說：

「我還是會把訂婚的消息送到聖彼得堡去。」他稍微把信從口袋拿了一點出來，然後又放手讓它掉回去。

「為什麼是送去聖彼得堡？」父親問。

「寄給我朋友呀。」格奧格說，想辦法對上父親的視線。——他心想，「他在店裡完全是另一個樣子，不會像在這裡一樣癱坐在位子上，雙臂交叉在胸前。」

「對，你朋友。」父親語氣加重地說。

「爸，你知道我本來沒有打算告訴他我要訂婚的事情，不為別的，就只是顧慮到他的感受而已。你也知道他是個難搞的人。我對自己說，儘管從他的生活方式來看不太可能，他大概還是有機會從其他地方得知我要訂婚的消息——我也沒辦法阻止——，但他就是不該從我本人這裡得到消息。」

「所以你現在改變心意了嗎？」父親問，然後把大張的報紙放在窗台上，再將眼鏡放在報紙上，並且用手把眼鏡蓋住。

「對，我後來又重新思考了一下。我對自己說，如果他是我的好朋友，那我的幸福對他來說也會是一種幸福。所以我不再猶豫是不是該告訴他這個消息了。但是在把信寄出之前，我想先跟你說一聲。」

「格奧格，」父親張開沒有牙齒的嘴巴大聲說話，「你聽著！你來我這裡是為了和我討論這件事情，你應該要為此感到榮幸。但是，如果你沒有完整告訴我事情的真相，那就什麼也不是，甚至比什麼也不是更加可惡。我不想重提不該在這裡提的事情。自從親愛的媽媽去世之後，這裡就發生了一些不好的事情。也許是因為時候到了，又也許比我們想像的還早發生。我沒有發覺店裡出了一些事情，也許不是因為大家刻意對我隱瞞——我現在也不想假設大家有意隱瞞我什麼事情——，我已經沒那麼有力了，我的記性也沒有以前好，事情很多，我沒有辦法像以前一樣照管一切。首先是因為年紀大了，其次是因為媽媽的去世對我的打擊比你還大。——不過，既然我們正好談到這件事，還有這封信，那麼我要拜託你，格奧格，不要騙我。這只是一件小事，根本就不值得一提，所以不要騙我，你真的有朋友在聖彼得堡嗎？」

格奧格尷尬地站起身來。「我們就別再提我的朋友了。幾千個朋友也沒辦法取代我的爸爸。你知道我是怎麼想的嗎？你還不夠愛惜你自己的身體，可是年紀大本來就會有年紀大的限制。你很清楚，我在店裡不能沒有你，但如果這家店會危害到你的健康，那我明天就去把店收掉。不能再這樣下去了。我們必須為你引進新的生活方式，而且是徹徹底底地翻新。你坐在這裡真的太暗了，在客廳比較可以享受美好的陽光。你的早餐都隨便吃幾口而已，應該要好好吃飯才能補充體力。你的窗戶也都關著，如果能讓空氣流通，對你會比較好。不，爸爸！我會去把醫生找來，然後我們遵從他開的處方。我們會互換房間，你搬去前面的房間，我搬過來這裡。對你而言不會有什麼變化，所有東西都會跟著一起搬過去。但是這些安排需要時間。你再稍微躺一下，無論如何你都需要先緩緩。來，我幫你把衣服脫掉，我可以的。還是說你想要馬上搬去前面的房間，如果是這樣的話，那你就先暫時躺我的床，這麼做也是滿合理的。」

格奧格緊挨著父親站在一旁，父親頂著一頭亂髮，白髮蒼蒼的頭垂在胸前。

「格奧格。」父親小聲地說，沒有做出任何動作。

格奧格立刻在父親身邊跪下，他看見父親疲憊的面容，眼角裡放大的瞳孔正盯著自己。

「你沒有朋友在聖彼得堡。你從以前就是個愛說笑的人，就連在我面前也不曾收斂。你怎麼可能會有朋友在那裡！我打從心裡不相信。」

「爸，你仔細回想一下，」格奧格說，然後把父親從沙發扶起來，脫下他的睡袍，父親只能虛弱地站著不動。「我朋友之前還來拜訪過我們，已經是快三年前的事情了。我還記得你沒有那麼喜歡他，我至少有兩次在你面前說了他的不是，儘管他就和我坐在同一個房間裡。我能理解為什麼你不喜歡他，我朋友有很多怪癖。但是你後來還是和他聊得很愉快，我當時還很自豪，你居然會聽他說話，對他點點頭，還問他問題。如果你仔細回想，你一定還記得。他當時說了很多俄羅斯大革命的故事，而且都非常離奇。例如他有一次在基輔出差，看見一位神職人員站在陽台上，用刀在掌心刻出一個大大的血十字，然後舉起手對著騷亂的群眾大喊。你自己也曾到處向人轉述這個故事。」

在說話的同時，格奧格成功地讓父親坐下，並且小心翼翼地把他的外褲和襪子脫下來，只留一件亞麻內褲。他看見父親穿的衣服不是很乾淨，暗自責備自己疏忽了父親的生活起居，他肯定也有義務照管父親的換洗衣物才對。他還沒有很明確地跟新婚妻子討論過未來要怎麼安排父親的生活，因為他們心裡都假定父親會自己住在原本的房子裡，但是他現在很快就下定決心要把父親接到未來的新家去住。而且，如果仔細一想，就會發現為父親安排的照顧似乎來得有點太晚了。

他攙扶父親走到床邊躺下。他突然有一種嚇人的感覺，就在他們走向床邊的幾步路間，他發現父親在把玩他胸前的錶鍊。因為父親緊抓著他的錶鍊，所以他沒有辦法馬上讓他躺下。

但父親才剛躺下，一切又好像恢復正常了。他為自己蓋好被子，還特別把被子蓋過肩膀，抬頭看著格奧格，眼神看起來還算友善。

「對吧，你是不是已經想起來了？」格奧格說，對他點點頭表示鼓勵。

「我的被子有蓋好嗎？」父親問，他似乎沒辦法檢查自己的腳有沒有蓋到被子。

「所以你還滿喜歡躺床的。」格奧格說，然後幫他把四周的被子再蓋好一點。

「我的被子有蓋好嗎？」父親又問了一次，似乎格外在意他的回答。

「放心，你的被子蓋得很好。」

「才不！」父親大喊，格奧格顯然給錯了答案。被子被父親用力甩回，甚至還在空中攤了開來。父親直挺挺地站在床上，一隻手輕輕頂著天花板。「我知道你想幫我蓋被子，但是我的被子還沒有蓋好，你這個廢物。就算我只剩下最後一點力量，用來對付你還是綽綽有餘。我跟你朋友很熟，他甚至是我心目中的兒子，所以你這些年才會一直欺騙他，不然還會是為了什麼呢？你以為我不曾為他掉過眼淚嗎？為了這個目的，你把自己關在辦公室裡，任何人都不能打擾你，老闆很忙——這樣你才能寫出那些要寄去俄羅斯的假內容。不就幸好沒有人教父親怎麼看穿兒子的技倆。事情就像你以為的那樣，你把他打敗了，而且完敗到可以一屁股坐在他身上，讓他動也不能動，然後我們家的兒子大人就決定要結婚了！」

格奧格抬頭看著父親駭人的模樣。父親突然和聖彼得堡的朋友變得那麼熟，這位朋友從來不曾像現在這樣襲捲他的心頭。他看見這位朋友在遙遠的俄羅斯失去一切，看見他站在被搶奪一空的商店門邊，他就站在東倒西歪的貨架之間，身旁都是撕爛的商品，以及掉下來的煤氣燈。為什麼他非得到這麼遠的地方去呢！

「看著我！」父親大喊，心慌意亂的格奧格趕緊跑到床邊，為了弄懂這一切，但是他跑到一半就停下來了。

「就因為她把裙子撩了起來，」父親開始嗲聲嗲氣地說話，「就因為她把裙子撩了起來，那個噁心的丫頭。」然後，為了表演這個畫面，父親把襯衫也撩了起來，露出大腿上戰爭留下的疤。「就因為她把裙子這樣、這樣、這樣撩了起來，你就跑去搭訕人家。你污辱了對媽媽的紀念、背叛了朋友、把你爸困在床上動彈不得，就是為了能夠盡情地搞她。但你爸真的會任你擺布嗎？」

他自由自在地站著，把腿甩來甩去，因為看穿一切而容光煥發。

格奧格站在角落，盡可能地離父親遠一點。他前一陣子就曾經下定決心，無論什麼事情都要好好地看個仔細，才不會在意想不到的地方被嚇一跳，無論是從背後來的，還是從頭上掉下來的。他在這時又想起這個早已遺忘的決定，然後馬上又忘了，就像拿一條短線穿過針孔一樣。

「不過那位朋友沒有被背叛！」父親大喊，然後搖起食指加以強調。「我是他在這裡的代理人。」

「搞笑嗎！」格奧格忍不住大喊，但馬上就意識到自己說錯話，然後——兩眼發直——咬住自己的舌頭，只是為時已晚，他痛到站不起身。

「對，我確實是在搞笑！搞笑！這個字用得很好！不然老年喪偶的爸爸還能有什麼安慰？你說啊——開口回答，我就當你這個兒子還活著——，我還剩下些什麼？住在後面的房間，背骨的員工苦苦相逼，連骨頭都已經老到不行。而我的兒子歡天喜地，把我辛辛苦苦開的店關了，已經高興到在地上打滾，還要在父親面前板著臉，裝成一副正直的樣子！你以為我不曾愛過你嗎？畢竟你也是我親生的。」

「他馬上就要彎下身體了，」格奧格心想，「要是他摔下來跌死就好了！」這些話在他腦中嘶嘶作響。

父親彎下了身，但是沒有摔下來。因為格奧格沒有像他預期的那樣過去接他，所以又把身體直了起來。

「你待在原地就好了，我不需要你！你以為自己還有力氣過來這裡，只是因為你不想，所以才待在原地不動。你別搞錯了！我始終還是比你強很多。也許我以前是真的不得不從位子上退下來，但是你媽給了我力量，我和你朋友也保持很好的關係，我的口袋裡還有你的顧客名單！」

「他的襯衫裡面原來還有口袋！」格奧格自言自語，他認為光是父親的這番話就足以讓他在全世界都混不下去。不過他也只在頭腦裡想了一下而已，因為他不斷忘記所有事情。

「你儘管和你的新婚妻子手牽著手朝我走過來吧！我會把她從你身邊掃地出

門，你不會知道我是怎麼做的！」

格奧格做了一個鬼臉，似乎不相信父親說的話。父親只是朝他身處的角落點點頭，並且保證自己說的都是真的。

「你今天真的把我逗樂了，你來找我，問我該不該告訴你朋友訂婚的消息。但是他其實什麼都知道，傻傻的，他其實什麼都知道！我都有寫信給他，因為你忘了沒收我的文具用品。所以他才好幾年都沒有回來，畢竟他什麼都知道，比你清楚幾百倍。你寫給他的信他看都不看，左手一邊把你的信揉掉，右手一邊拿著我的信在讀！」

他興奮地將雙手舉在頭上揮舞，喊著：「他比你清楚幾千倍！」

「幾萬倍！」格奧格本來想用這句話嘲笑父親，但是話才剛說到嘴邊就變成如喪考妣般的認真。

「我從幾年前就開始留意你什麼時候會帶著這個問題來找我！你以為我都在

關心其他的事情嗎？你以為我都在讀報紙嗎？你自己看！」他把一張不知怎麼帶到床上的報紙丟給格奧格。那是一份舊報紙，報名已經老到格奧格完全不認識。「你猶豫了多久時間才終於長大成人！你媽都已經死了，來不及等到這個歡慶的日子，你朋友在俄羅斯也不行了，他的面容早在三年前就已經黃到要死不活，而我，你自己看看，我變成了什麼樣子。你睜大眼睛好好看個清楚！」

「所以你都在暗中窺探我！」格奧格大喊。

父親同情地順帶一提：「這句話你應該要早點說的。現在已經不適合了。」他提高音量：「所以你現在知道了，這個世界不是只有你而已，一直以來你都只知道你自己！你其實是個天真無邪的孩子，但你更是個邪惡的人！——因此，我要你知道：我現在判處你溺斃之刑！」

格奧格感覺自己被趕出房間，耳中還能聽見父親在他身後跌坐在床上的聲音。他像跑斜坡一樣跑下樓梯，正好撞上準備上來整理隔夜房間的女傭。「耶穌！」她大叫，然後用圍裙把臉遮住，但是他已經走遠了。他衝出大門，內在有一股力量驅使他越過馬路衝向河邊。他緊緊抓著欄杆，就像餓了很久的人緊緊抓著食物，然後以優異的身手一躍而起，青少年時期的他也曾經是讓父母感到驕傲的體操選手。他用雙手撐在欄杆上，就在雙手逐漸無力之際，他在欄杆之間發現一輛公車，正好可以輕而易舉地蓋過他墜落的聲音。他小聲地喊：「親愛的爸爸媽媽，我真的一直都很愛你們。」然後放手讓自己掉下去。

這一刻，橋上簡直是永無止境的車水馬龍。

變形記

Die Verwandlung

本篇寫於1912年9月，1915年首次發表於月刊《白色書頁》（*Die weißen Blätter*），同年出版單行本。

一

某天早上，葛瑞果．莎姆莎從不平靜的夢中醒來，發現自己在床上變成了一隻巨大的蟲子。他四腳朝天躺在甲殼般堅硬的背上，只要稍微抬起頭就能看見自己呈弧形一節一節隆起的咖啡色肚子，被子幾乎沒辦法蓋在上面，隨時都會滑下來。與身體其他部位相比，他的每隻腳都顯得瘦弱可憐，在他眼前無力地顫抖著。

「我怎麼了？」他想。這不是夢。他的房間是一個真的給人住的房間，只不過有點太小了，四周也矗立著熟悉的牆。桌上攤放著一本未整理的布料樣品，莎姆莎是在外面跑業務的，桌子旁的牆面上掛著一幅他不久前從雜誌剪下來的畫，用一個漂亮的鍍金畫框裱了起來。畫中是一位戴著皮草帽子和披著皮草披肩的婦人，端正地坐在椅子上，向看畫的人展示自己厚重的皮草暖手袋，手臂也藏在手袋裡。

葛瑞果接著將目光移向窗外，外面是灰濛濛的天氣——可以聽到雨滴打在窗台的聲音——這讓他感到非常憂鬱。「如果我再多睡一點，忘掉所有愚蠢的事情，不曉得會怎麼樣。」他心裡這麼想，但是完全不可行，因為他習慣朝右側睡，而他現在這個樣子根本沒辦法翻向右側。無論他使出多大的力氣翻向右邊，都會翻回原本四腳朝天的狀態。他試了好幾百次，閉上眼睛，以免看到自己一直來回掙扎的腳，但是最後他放棄了，因為他開始感覺到側腹隱約有種不曾有過的悶痛。

「天啊，」他心想：「我怎麼選了一個這麼累人的工作！沒日沒夜的出差。在外面工作比在家裡工作還要麻煩很多，又要承受旅途造成的不便，擔心火車沒有接上，吃得有一餐沒一餐，而且也吃不好，人際交往不斷變來變去，從來都不真心，也不持久。讓這一切都見鬼去吧！」他覺得肚子上方有個地方癢了起來，於是用四腳朝天的姿勢慢慢把自己挪到床頭，這樣比較好抬起頭。他發現發癢的地方布滿白色的小點，卻無法判斷是什麼。他想用腳去碰那個地方，但是才剛碰到就全身打起冷顫，所以馬上又縮了回來。

他挪回原本的位置，心想：「太早起床會讓人智力降低，人需要的就是睡覺。其他業務都過得像後宮娘娘一樣，舉例來說，當我上午好不容易回到旅館整理到手的訂單，這些人才正起床吃早餐而已。我應該在老闆面前試著這麼做才對，那大概會立刻被原地解雇。但是話說回來，被解雇對我來說未嘗也不是件好事。如果不是為了爸媽，我早就辭職了，我會走到老闆面前，發自內心地向他表達我的意見，他聽完肯定會從辦公桌上摔下來！坐在辦公桌用高高在上的姿態和員工講話，這也是一件很奇怪的事，又因為老闆重聽，所以員工還得靠得很近。話雖如此，我還沒有完全放棄希望，有朝一日我存夠了錢，能還清爸媽欠他的債——可能還需要五到六年——，我就一定會這麼做。然後我的人生就能向前邁進一大步。不過，我暫時還是得先起床，因為我坐的是五點的火車。」

他接著看向櫃子上的鬧鐘。「我的老天！」他心想。已經六點半了，而且時針還在默默地向前，甚至已經過了半，就快要六點四十五分了。難道鬧鐘沒有響嗎？從床上看過去，調的是四點的鬧鐘沒錯，鬧鐘肯定也有響。對啦，但這個鬧鐘響起來連家具都會震動，真的有可能沒聽見繼續睡嗎？好吧，雖然他真的沒睡好，但是睡得大概比平常還要沉。他現在該怎麼辦？下一班火車是七點，他得瘋狂趕路才有辦法趕上，而且樣本還沒收拾，他自己也不是特別有精神，手腳也不太靈活。就算他趕上了火車，也免不了老闆大發雷霆，因為公司的業務助理等的是五點的車，早已經向老闆報告他沒有坐上火車的情況了。那人是老闆的爪牙，既沒有骨氣也沒有頭腦。還是說，他該請病假？但是這麼做不僅非常尷尬，也很可疑，因為葛瑞果工作這五年來從來沒有生過病。老闆一定會和醫療保險公司的醫生一起來訪，責備爸媽生了個懶惰的兒子，然後不讓人有任何反駁的機會，因為醫療保險公司的醫生認為世界上沒有病人，只有逃避工作的人。順帶一提，其實他說的好像也有幾分道理？除了睡這麼久不應該還想繼續睡以外，他覺得自己其實滿健康的，而且肚子還特別餓。

他快速地將這一切想過一遍，還是沒能下定決心從床上離開——鬧鐘正好顯示六點四十五分——這時有人小心翼翼地敲了他床頭邊的房門。「葛瑞果，」那人喊——是媽媽——，「六點四十五了，你沒有要出門嗎？」聲音怎麼這麼溫柔！聽見自己回答的聲音，葛瑞果嚇了一大跳，雖然這是他之前的聲音沒錯，但是其中混雜著一種由下而上、抑制不住的尖銳聲，聽起來痛苦不堪，所以他說的話只有一開始聽得清楚，後面就會被尖銳的聲音打亂，讓人不曉得自己有沒有聽錯。葛瑞果本來想一五一十地解釋清楚，但是在這種情況下，只能簡單地說：「有的，有的，謝了媽，我要起床了。」因為隔著木門，所以從外面大概聽不出葛瑞果的聲音有任何異狀，不然母親不會聽到這句話之後就放心地走開了。但是，由於這段對話，其他家庭成員注意到葛瑞果今天居然一反常態地還在家裡，於是父親用拳頭輕敲著葛瑞果房間一側的門。「葛瑞果，葛瑞果。」他喊道：「怎麼了？」過了一會兒，他又用更低沉的聲音催促著：「葛瑞果！葛瑞果！」妹妹則在房間另一側的門語帶哽咽地小聲說：「葛瑞果？你身體不舒服嗎？你需要什麼嗎？」葛瑞果同時朝著兩邊回答：「我已經準備好了。」他盡可能謹慎地咬字，並且在字與字中間停頓許久，努力不讓自己的聲音出現引人注意的地方。父親也回去吃自己的早餐了，但妹妹仍然小聲地說：「葛瑞果，把門打開，我求求你。」不過葛瑞果壓根就沒有打算開門，反而慶幸自己在外出差時養成的習慣。就算在家裡，他晚上也會把所有的門鎖起來。

他想先在不被打擾的情況下緩緩起床，穿衣服，最主要是先吃早餐，然後再思考接下來的事情，因為他發現，只要躺在床上就沒辦法思考出什麼合理的結果。他想起自己在床上常會覺得有地方隱隱作痛，也許是睡覺時姿勢不良導致的，但只要他一起床，就會發現疼痛的感覺純粹只是想像而已。他很好奇，不曉得今天的想像會不會也慢慢消失不見。聲音的改變不過是重感冒的前兆，這也是在外面跑業務的職業病，對此他深信不疑。

要掀開被子很簡單，他只要稍微吸口氣，被子就會自己掉下來。可是接下來就難了，因為他的身體實在太寬，必須用手臂和手掌的力量才有辦法站起來。然而，現在的他只有許多小腳，不停做著各式各樣的動作，也完全不受控制。如果他想彎起其中一隻腳，這隻腳首先會伸直；如果他終於成功讓這隻腳完成他想做的動作，其他隻腳就像完全解放了一樣，會讓人痛苦地瞎忙一通。「就是不能躺在床上浪費時間。」葛瑞果對自己說。

他本來想先讓下半身從床上離開，但是他發現自己的下半身非常難移動，此外，他也還沒看過自己的下半身，無法想像會是什麼模樣。他移動得非常緩慢。最後，他決定集中力量，發瘋似地不顧一切向前推進，結果選錯了方向，重重撞上床尾的柱子，那火辣辣的疼痛告訴他，他的下半身也許是目前最脆弱的地方。

於是他試著改讓上半身先離開床，並小心翼翼地將頭轉向床的邊緣。這個方法果然可行，儘管身體又寬又重，最終還是隨著頭慢慢地轉動。但是，當他的頭懸空在床外的時候，他開始害怕起來，不敢再以這種姿態繼續向前推進，因為如果最後就這樣掉下去，就算不會傷到頭，也一定會碰出一個傷口。而他現在無論如何都不能失去思考能力。他還是待在床上會比較好。

他又花了同樣多的力量躺回原本的地方，嘆了一口氣，看見自己的小腳彼此對抗的情況愈來愈嚴重，找不到任何辦法讓這個失控的狀態恢復平靜和秩序，於是他再次對自己說，他不能繼續躺在床上了，最合理的做法就是犧牲一切，換取擺脫這張床的機會，就算只有些微的希望也好。但他同時也不忘提醒自己，與其在絕望中做出玉石俱焚的決定，不如徹底靜下心來好好思考。這時，他定睛看向窗外，可惜早上的霧濃到連這條街對面的景色都看不見，更別說可以為他帶來什麼信心和振作了。「已經七點了。」他聽見鬧鐘又響了，對自己說：「已經七點了，外面的霧還這麼濃。」他靜靜地躺在那裡一動也不動，呼吸微弱，彷彿期待在一切靜下來之後，就能回到原本真實而理所當然的生活。

但他接著又對自己說：「我一定要在七點十五分以前完全離開這張床，不然到時公司也會派人來問我的狀況，因為公司七點前就開了。」他試著讓身體保持平衡，開始一點一點地將自己向外晃。如果是用這種姿勢從床上掉下去，應該不會傷到頭，他會在落地的時候把頭抬起來。他的背看起來也夠硬，掉在地毯上大概不會有什麼事。他最擔心的是掉到地板時的巨大聲響，就算不會嚇到門後的人，也會引起大家的擔憂。但是時候放手一搏了。

當葛瑞果一半的身體已經懸在半空——這個新方法比較像在玩遊戲，他只需要一點一點地晃動身體就好，不會很吃力——，他這才想到，如果有人來幫忙的話，一切就會變得很簡單。兩個強壯的人就夠了——他想到父親和家裡的幫傭，他們只需要把手放到他拱起來的背下面，把他從床上挖起來，彎下身子承受他的重量，然後小心翼翼地等他翻回地面，希望他的小腳那時候能派得上用場。只是，先不論門已經鎖起來了，他真的應該向外求救嗎？儘管處境窘迫，但是想到這裡，他還是忍不住笑了。

他已經推進到一個程度，只要晃得再大力一點就會難以維持平衡，他必須趕緊下定決心，因為再過五分鐘就是七點十五分了。就在這個時候，大門外的鈴聲響起。「是公司派來的人。」他對自己說，僵硬地幾乎無法動彈，只剩他的小腳更加迅速地來回舞動。有那麼一瞬間，一切都靜了下來。「他們不會開門的。」葛瑞果這麼告訴自己，懷抱著不切實際的希望。但是，家裡的幫傭當然一如往常地踩著堅定的步伐前去開門。葛瑞果只聽見來訪者的第一句問候，就知道來的人到底是誰——代理*親自找上門了。為什麼葛瑞果偏偏得在這樣一家公司工作，只不過稍微錯過火車，居然就採取如此大的動作？難道員工統統都是混蛋嗎？難道這群員工之中就沒有一個忠心耿耿的人，會因為沒有利用早晨好好工作而內疚到無法自拔，甚至連下床都沒有辦法嗎？就算真的有必要派人來詢問——派個學徒來不就夠了嗎？有必要讓代理親自出馬，藉此告訴無辜的一家人，這起可疑的事件只能仰賴代理來調查嗎？葛瑞果愈想愈激動，與其說他下了什麼決定，不如說他在一怒之下全力朝床外跳了下去。這一跳發出很大的聲響，但不算是真的撞擊聲。因為地毯削弱了撞擊的力道，他的背也比想像中更有彈性，所以聲音比較低沉，不那麼引人注意。只是他還是不小心撞到了頭。又氣又痛的他將頭轉向一邊，用頭摩擦著地毯。

「裡面有東西掉下來了。」代理在左邊的房間裡說。葛瑞果試著想像，不曉得代理有沒有可能發生類似今天的事情；不可否認，確實有這個可能。就在這個時候，代理在隔壁房間明確地走了幾步，腳上的漆皮靴重重地踩著地面，彷彿在用簡單粗暴的方式回答他的問題。妹妹從右邊房間傳來悄悄話，為的是通知葛瑞果：「葛瑞果，代理來了。」「我知道。」葛瑞果自顧自地說，但不敢說得太大聲，以免讓妹妹聽到。

「葛瑞果，」父親從左邊房間對他說：「代理先生已經來了，他想知道你為什麼沒有搭上早上的火車。我們不知道該對他說什麼，他也想親自跟你談談。所以拜託你把房門打開吧。就算你房間很亂，他也會好心原諒你的。」「早安，莎姆莎先生。」代理趁機親切地喊了一聲。「他人不太舒服。」父親一邊在在門邊說話，母親一邊對代理說：「代理先生，請您相信我，他人不太舒服。不然葛瑞果怎麼可能會錯過火車呢！這孩子滿腦子都是工作。我都快受不了他晚上都不出門了。他回來城裡已經八天，可是每天晚上都待在家裡。他會和我們坐在同張

＊ 譯註：「代理」原文為「Prokurist」為德語中的商業詞彙，意指獲得公司老闆授權，具有簽署公司合約和進行其他法律行為權限的代理人。

桌子靜靜地讀著報紙，或是研究火車時刻表。如果他忙著用線鋸做點東西，對他來說就已經算是休閒了。像是他用兩、三個晚上雕了個小畫框，您一定會很驚訝那個畫框做得多漂亮，就掛在房間裡，葛瑞果把門打開之後您就能看到了。順帶一提，我很高興您在這裡，只靠我們沒辦法讓葛瑞果把門打開，他太固執了。雖然他早上否認過，但是他人一定不太舒服。」「我馬上就來。」葛瑞果不慌不忙地說，但是動也不動，這樣才不會漏掉他們的談話內容。「若非如此，尊貴的女士，我也不知道該作何解釋。」代理說：「希望不是什麼太嚴重的狀況，雖然我必須說，我們身為商務人士——無論是幸或不幸——常常必須為了工作克服一些小小的不適。」「所以代理先生可以進去你房間了嗎？」父親不耐煩地問道，並再次敲著門。左邊房間隨即陷入尷尬的沉默，右邊房間裡的妹妹則是開始啜泣。

為什麼妹妹沒有過去其他人那裡？她可能才剛起床，甚至還沒開始穿衣服。她又為什麼要哭呢？因為他沒有起床，沒有讓代理進門？因為他有失去工作的危險？然後老闆又會來逼父母還之前欠的錢？但這些暫時都還是不必要的擔心。葛瑞果還在這裡，也沒有想過要離開他的家人。他目前還好好地躺在地毯上，如果有人知道他目前的狀況，就不會真的要他讓代理走進房間。這點小小的不禮貌不會就讓葛瑞果被公司解雇，之後也很容易找到理由搪塞過去。再說，葛瑞果覺得現在比較合理的做法是讓他自己靜一靜，而不是用哭泣和道德勸說來打擾他。但是，面對眼前不明的狀況，他也可以理解被逼急的他們為什麼會有這些舉動。

「莎姆莎先生，」代理此時提高了音量，「到底發生了什麼事？您把自己鎖在房間裡面，對什麼問題都只回答是或不是，無端讓您的父母這麼擔心，同時——順帶一提——又用一種前所未聞的方式耽誤您的工作義務。我在這裡以您父母與老闆的名義嚴正要求您立刻給出一個明確的解釋。我很驚訝，太驚訝了。我一直以為您是個冷靜又理性的人，結果您現在突然開始鬧脾氣。雖然老闆今天早上有向我暗示您錯過班車的可能原因——與您不久前開始負責的收款項目有關——，但我真的幾乎要賭上我的名譽為您擔保。只不過，現在親眼見到您固執得難以理解，我也沒有興趣再為您說話了。再說，您的職位也不是非常有保障，我原本是想私下跟您說的，但是您一直在這裡浪費我的時間，所以我也不曉得有什麼好不讓您父母知道的。您最近的工作績效不是很讓人滿意，雖然我們也得承認現在不是旺季，但根本就不會有慘到業績掛零的時候，莎姆莎先生，不應該是這個樣子的。」

「等等，代理先生。」葛瑞果失控地大喊，激動到不管三七二十一，「我立刻就去開門，馬上就開門。我只是有點不舒服，頭有點暈，所以才會站不起來，在床上躺到現在。不過現在已經完全好了，我正在下床。請您再多點耐心等我一下！雖然狀況沒有我想的那麼順利，但是已經好多了。怎麼會有人發生這種事呢！昨天晚上我人還好好的，我的父母也知道。或者說，昨天晚上我就有預感了，其實應該看得出來的。我怎麼會沒有先向公司報備呢！但是大家都會這麼想，生病不用待在家裡，自然就會好了。代理先生！請您想想我的父母！您對我做的所有責備都沒有根據，畢竟也從來沒有人跟我說過這些，您也許還沒看到我最近寄回公司的訂單。順帶一提，我會再坐八點的車去跑業務，休息幾個小時之後我已經恢復體力了。代理先生，您就別在這裡耽擱了，我等等就會自己回公司，麻煩您向公司說一聲，並代我向老闆問好！」

葛瑞果一邊飛快地吐出這些話，快到幾乎不知道自己在說什麼，一邊讓自己移動到櫃子旁邊，大概是因為已經在床上練習過，所以動作還算流暢。他試圖靠著櫃子的支撐站起身來。他真的很想把門打開，真的想讓人看見自己的模樣，然後和代理談談。他很好奇那些現在一直叫他把門打開的人看到他的樣子會說什麼。如果他們嚇一跳，那他就可以心安理得了；如果他們靜靜地接受眼前的一切，那他就沒有什麼理由好再激動，只能加快腳步，去趕八點的火車。前幾次嘗試都沒有成功，他的身體一直從光滑的櫃子表面滑下來，但他最終還是一口氣站了起來。儘管下半身傳來火辣辣的疼痛感，他也完全不在意。他用腳抓著旁邊的椅子，然後讓自己靠到椅背上，藉此成功取回身體的控制權。這時，他聽見代理講話的聲音，於是靜下來聽聽他們在說什麼。

「您有聽懂他說的任何一個字嗎？」代理問他的父母：「他該不會是在耍我們吧？」「天哪！」母親哭著喊道：「他搞不好病得很嚴重，我們還這樣折磨他。葛瑞桃！葛瑞桃！」她接著喊。「媽媽？」妹妹從另一側喊過來，她們透過葛瑞果的房間互相對話。「妳必須馬上去找醫生。葛瑞果生病了。趕快去請醫生過來。妳有聽到葛瑞果說話的聲音嗎？」「那是動物的聲音。」代理小聲地說，和母親的大聲喊叫形成強烈的對比。「安娜！安娜！」父親拍了拍手，並對玄關另一頭的廚房大叫：「立刻去把鎖匠找來！」兩位女孩這時跑過玄關，身上的裙擺窸窣作響——妹妹怎麼有辦法這麼快就把衣服穿好了？——然後飛快地打開大門。完全沒有聽見關門的聲音，她們大概讓大門保持敞開的狀態，就像那些發生重大不幸的家庭會做的舉動。

葛瑞果已經平靜了許多。也許是現在耳朵已經習慣了，他覺得自己說出來的話已經夠清楚，甚至比之前更清楚了，雖然大家還是聽不懂他在說什麼。儘管如此，大家至少已經相信他的狀況不太對，也願意為他提供協助。他們剛才的安排充滿信心和確定，讓他覺得很欣慰。他覺得自己重新被納入人類的圈子，雖然他不知道醫生和鎖匠有什麼區別，但是他期待他們會帶來偉大和驚人的表現。他清了清喉嚨，為接下來的關鍵談話做好準備，不過他也試圖壓低音量，因為就連清喉嚨的聲音聽起來也可能不像人類的咳嗽聲，他自己也不敢做判斷。與此同時，隔壁房間變得非常安靜。也許父母正和代理坐在桌旁竊竊私語，也許大家正靠著門偷聽房間內的動靜。

葛瑞果緩慢地將自己連人帶椅推到門邊，把椅子留在原地，靠到門上，然後挨著門立正站好——他的腳前端帶有一些黏液——，讓自己從這個艱辛的過程中稍微緩過來。但隨後他開始用嘴巴去轉動鑰匙孔上的鑰匙。可惜的是，他似乎沒有真正的牙齒，——該用什麼咬住鑰匙呢？——好險他的下顎十分有力，憑著下顎的力量，他也確實將鑰匙成功轉動了，只是他沒注意到自己已經受傷了，咖啡色的汁液從他口中流出來，流過鑰匙，滴在地上。「您聽，」代理在隔壁房間說：「他正在轉鑰匙。」對葛瑞果來說，這是個莫大的鼓勵，在場的每個人都應該為他加油才對，包括父親和母親。「加油，葛瑞果！」他們應該這樣喊才對：「一直推，使勁去推那個鎖就對了！」他想像所有人都神經緊繃地盯著他的努力，於是他奮不顧身地用盡全力咬著鑰匙。每成功轉動一次鑰匙，他就會圍著門鎖旋轉。他現在只靠嘴巴讓自己維持站立姿勢，並且視鑰匙轉動的情況，看是要讓自己懸掛在鑰匙上，還是要用全身的重量將鑰匙向下壓。最後，門鎖隨著清脆的咔噠聲彈了開來，葛瑞果這才回過神，鬆了一口氣對自己說：「所以嘛，我不需要鎖匠。」接著用頭去壓門把，把門完全打開。

因為他用這種方式開門，所以門其實已經開得相當大了，但還是看不見他。他必須先緩慢地繞過門板，還得小心不要在進門時又笨拙地翻個四腳朝天。他艱難地移動著，無暇注意其他的事情，此時他聽見代理發出一聲響亮的「噢！」──聽起來就像狂風大作──，然後看見站在最靠門邊的對方用手摀著嘴巴，慢慢地向後退，似乎有股看不見的力量正在一步步逼著他。母親──雖然代理人在這裡，但她的頭髮還是翹得亂七八糟，一副剛睡醒的樣子──，先是雙手交扣地看著父親，朝葛瑞果走了兩步，接著便在四周攤開的裙擺上癱坐下去，把臉深埋在胸口。父親則帶著充滿敵意的表情握緊拳頭，彷彿想把葛瑞果逼回自己的房間，然後不確定地在客廳四下環顧，用手遮住眼睛，痛哭了起來，哭到他寬厚的胸膛都在劇烈起伏。

葛瑞果根本沒有走進隔壁的房間，而是在自己的房裡靠在一扇鎖死的門板上，所以外面的人只能看見他半個身體和側著向外看的頭。窗外在這段期間變得更亮了，可以清楚地看見對街房子的輪廓，那是一棟綿延不絕的灰黑色房子——一家醫院——，房子正面開著整齊劃一的窗戶。雨還在下，但只剩零零落落的雨滴在地面。桌上堆滿了一大堆早餐的餐盤，因為對父親而言，早餐是一天中最重要的一餐，他會一邊讀著各種報紙，一邊吃上好幾個小時的早餐。正對面的牆上掛著葛瑞果當兵的照片，他當時是少尉，手放在佩劍上，臉上掛著無憂無慮的微笑，姿勢和制服都讓人肅然起敬。通往玄關的門是開的，又因為家裡的大門也開著，所以可以直接看到家門口以及下樓的樓梯口。

「那麼，」葛瑞果說，他意識到自己是在場唯一保持鎮定的人，「我這就去把衣服穿一穿，樣品收一收，然後出門。你們要、你們要讓我出門嗎？還有，代理先生，您看，我不是個固執的人，我很喜歡工作。出差是很辛苦沒錯，但是我也必須靠出差過活。您接下來要去哪裡呢，代理先生？回公司嗎？是嗎？您會將一切如實稟報嗎？大家都有可能一時沒辦法工作，但這也是回想自己過往工作表現的好時機，同時思考該怎麼在排除困難之後加倍努力、更加聚精會神地好好工作。畢竟您也知道，我欠了老闆很多人情，而且我也還得照顧我的父母和妹妹。雖然我現在遇到困難，但是我會努力讓自己脫困，所以就請您別再讓我的處境難上加難了。請您幫我向公司說話！我知道公司裡的人都不愛在外面跑業務的人，他們總是認為這個人錢賺得超多，日子過得超好。大家也沒有什麼機會打破這種偏見。但是您不一樣，代理先生，您比其他員工更瞭解整個狀況，甚至我偷偷跟您說，您比老闆本人還清楚，站在資方角度的他很容易做出不利員工的判斷。您也很清楚，在外面跑業務的人幾乎整年都待在公司外面工作，很容易成為別人說三道四的目標，或是遇到突發狀況，又或是遭受沒來由的客訴，這些基本上都防不勝防，因為在外面跑業務的人大多不會知道有這些事情，只有在筋疲力盡回到家後，才會察覺身上出現不明原因的糟糕後果。代理先生，請您先不要走，先對我說句話，讓我知道您認為我說的至少有一小部分是對的！」

然而，葛瑞果才剛開口說完前幾個字，代理早已轉過身去，蹶著嘴巴，聳起肩膀回頭看向葛瑞果。他也沒有靜靜站在原地聽葛瑞果說話，而是一邊盯著葛瑞果，一邊偷偷向門口移動，但是動作十分緩慢，彷彿有道不能說的禁令，禁止所有人離開房間。他已經抵達玄關了，這時突然一個加速，迅速拔起正要離開客廳的那隻腳，看起來就像腳底剛才燙到冒了煙。但他人還在玄關，就已經朝樓梯的方向伸長右手，彷彿那裡有超凡的救贖在等著他。

葛瑞果心裡很清楚，他絕對不能讓代理在這種情緒下離開，不然他在公司的職位就極有可能不保。他的父母不太明白其中道理，他們長年以來都深信葛瑞果在這家公司捧的是鐵飯碗，而且他們現在又得處理眼前的狀況，不曉得凡事都要謹慎為上。但是葛瑞果很謹慎，他必須留住代理，讓對方平靜下來、說服他，最後爭取他的認同。葛瑞果和家人們的未來都取決於此了！如果妹妹也在場就好了！她很聰明，葛瑞果還四腳朝天躺在地上的時候她就已經開始哭了。她肯定有辦法成功左右代理的想法，畢竟他很聽女性的話；她會把大門關起來，然後在前廳安撫他不要害怕。但是妹妹正好不在，葛瑞果必須自己採取行動。代理雙手抓著門口的樓梯扶手，面帶微笑，於是葛瑞果趕緊離開門板，沒有多加思考自己現在到底有什麼移動能力，也沒想到自己說出來的話很有可能、極有可能讓人聽不懂。他挪動自己穿過房門，一心想往門口的代理走去，可是卻找不到任何可以支撐的東西，慘叫一聲，直接趴倒在地上。這件事才剛發生，他立刻感到通體舒暢，這是他這個早上第一次有這種感覺。每一隻腳都結結實實地踩在地上，他很開心，因為他發現自己的腳現在完全聽從自己的指揮，甚至還努力帶著他前往想去的地方。他開始相信一切痛苦都即將好轉。他搖搖晃晃地放慢腳步，正好在離母親不遠的地方朝著她倒了下來，這時若有所思的母親突然跳了起來，張開雙臂，打開雙手，放聲大叫：「救命啊！天啊！救命啊！」然後低著頭，彷彿想把葛瑞果看個仔細，但是又無意識地快速向後退，忘記背後就是餐桌。她才剛碰到桌子，就馬上失神地坐到桌上，絲毫沒有發覺自己把桌上的咖啡壺撞倒了，咖啡在地毯上流得到處都是。

「媽媽，媽媽。」葛瑞果小聲地說，然後抬頭看著她。他暫時把代理拋在腦後，反而看著不斷流出來的咖啡無法自拔，伸出下顎對著空氣不停地咬。於是母親又嚇了一大跳，從桌子逃開，衝進趕來支援的父親懷裡。但是葛瑞果沒有時間管他的父母了，代理已經走下樓梯，在下巴隱沒在扶手後面之前，他回頭看了最後一眼。葛瑞果助跑希望能趕上代理的腳步，但這肯定也在代理的意料之中，他馬上跳過好幾階，然後消失在眾人的視線中。「呼！」代理喘了一口大氣，聲音大到響遍整個樓梯間。不幸的是，代理的逃跑似乎讓原本還算冷靜的父親完全失去了理智，因為他既沒有去追代理，甚至也沒有放手讓葛瑞果追上去，而是右手抓起代理連同帽子和斗篷一起留在沙發上的手杖，左手拿著放在桌上的大報紙，一面跺著腳，一面揮著手杖和報紙將葛瑞果趕回自己的房間。葛瑞果苦苦哀求也沒用，沒有人聽得懂他的哀求，他還想卑微地轉轉頭，但只換來父親更用力地跺腳。顧不得天氣很冷，母親用力地把房間另一側的窗戶打開，雙手摀著臉，身體探出窗外。巷道和樓梯之間吹起了一陣不小的穿堂風，窗簾飛了起來，桌上的報紙沙沙作響，有幾張被吹落地面。父親毫不留情地繼續逼近葛瑞果，嘴裡像野人一樣發出噓噓聲，但是葛瑞果還沒練習過怎麼倒退走路，所以動作非常緩慢。假如葛瑞果有辦法轉身的話，他馬上就能回到房間，可是他又害怕轉身的過程會花費太多時間，反而讓父親更不耐煩，而且父親手中的手杖時時都有可能在他的背上或頭上帶來致命一擊。但是葛瑞果終究別無選擇，因為他驚恐地發現，自己在倒退行走的時候不知道要怎麼維持方向，所以他一邊帶著害怕的眼神不停瞄著父親，一邊開始盡其所能地快速調轉身體，只是他轉身的速度真的非常慢。也許父親察覺了他的善良意圖，沒有出手干預他的行動，甚至還用手杖從遠端為他指揮方向。如果父親不要發出讓人無法忍受的噓噓聲就好了！葛瑞果被噓噓聲干擾到無法思考。眼看他就快要成功，但是他一直去注意那個嘶嘶聲，結果又亂了方向，轉錯了地方。最後，他好不容易幸運地對準入口，才發現自己的身體太寬了，沒辦法直接通過房門。處在當下的狀態，父親當然也沒想到要去打開那扇鎖死的門，給葛瑞果一個夠大的入口。他一心只想要葛瑞果趕快回到自己的房間。葛瑞果也許可以站起來穿過房門，但是父親絕對不會允許他去做那些麻煩的事前準備。父親反而發出奇怪的聲音，不斷催促葛瑞果趕快進去，彷彿眼前沒有任何阻礙。此時，葛瑞果身後傳來的聲音似乎也不只父親一個人了。真的不是在開玩笑，於是葛瑞果——不管三七二十一——用力擠過房門。他側著身體斜躺在門口，腹緣擦傷得很嚴重，白色的門上還看得見幾處噁心的污漬。他很快就卡住了，完全動彈不得，其中一側的腳懸在空中瑟瑟發抖，另一側的腳則被壓在地上，開始痛了起來。這時，父親從他背後給了他重重一擊，讓他得以解脫，於是他血流如注地飛進房裡。父親拿手杖把門重重關上，接著一切恢復平靜。

二

葛瑞果直到傍晚才從昏厥般的沉睡中醒過來，雖然說他再過不久也會自動醒來，因為他覺得自己已經休息得夠多了，也睡飽了。但是現在，他覺得好像有人在屋子裡匆匆走過，並且小心翼翼地關上通往玄關的門。電氣街燈的蒼白光線零零落落地照在房間的天花板與家具的上緣，但是葛瑞果所在的下方還是一片漆黑。為了察看外面到底發生了什麼事，他慢慢地朝門口挪動，同時用不怎麼靈活的觸角來回探索，這是他現在才開始重視的技能。他的身體左側似乎有一道長長的疤痕，正在不舒服地緊繃著，他必須用兩排小腳一跛一跛地向前進。除此之外，其中一隻腳還在早上的意外中受了傷——只有一隻腳受傷已經算是奇蹟了——，只能有氣無力地拖著走。

爬到門口，他才發現吸引他過去的到底是什麼。那是某種食物的氣味。因為那裡擺了一碗香甜的牛奶，裡面還泡著幾片白麵包。他開心到差點笑了出來，因為他的肚子比早上還要餓，於是立刻把整顆頭幾乎要淹過眼睛地埋進碗裡。但是他馬上就失望地抬起頭，不只是因為左側行動不便導致進食困難——他只能靠全身的力量進食——，更是因為他覺得牛奶一點都不好喝。牛奶本來是他最喜歡的飲料，妹妹肯定也是因為這樣才幫他送了一碗過來，但是他現在卻反胃到掉頭就走，慢慢爬回房間中央。

葛瑞果透過門縫向外看，客廳的煤氣燈已經點亮了，父親平常會在這個時間提高音量唸晚報給母親聽，有時候也會唸給妹妹聽，但是現在卻沒有半點聲響。妹妹每次都會寫信告訴他父親都唸了些什麼，也許父親這陣子開始不這麼做了。但是，儘管房子裡肯定有人在家，四周還是聽不見任何聲音。「這家人過得多麼歲月靜好呀。」葛瑞果自言自語地說，他盯著眼前烏漆抹黑的一片，心中感到非常驕傲，他讓父母和妹妹可以在這麼漂亮的家裡過著這樣的生活。要是所有的美好歲月、所有的豐裕富足現在都隨著驚嚇而告終，那該如何是好？為了不要陷入這種想法，葛瑞果寧可起來動一動，在房間裡走來走去。

在這個漫長的晚上，兩邊的側門都被開了一次，而且每次都只開了一條小縫就迅速關上。大概是有誰想進來，但是又有太多顧慮。葛瑞果停在通往客廳的門邊，下定決心要把猶豫不決的訪客帶進來，或至少要知道對方是誰。只是門沒有再開過，葛瑞果也沒有等到任何人。之前他把房門全部鎖住的時候，每個人都想進他房間；現在他開了其中的一扇門，另外兩扇門在白天也被打開，反倒沒有人想來了，而且鑰匙也從外面被插上。

直到深夜，才有人把客廳的燈熄滅，應該可以確定父母和妹妹都還沒睡，因為他們三個踮著腳尖離開的聲音很明顯。從現在開始到早上，肯定不會有人來找葛瑞果，他有很長的時間可以考慮該怎麼重新安排自己的生活。但是這間高大又空曠的房間不只迫使他平躺在地上，更莫名讓他感到害怕，他也找不出是什麼原因，畢竟這裡是自己已經住了五年的房間。他的心裡泛過一絲羞恥，半意識地跑到沙發下躲起來，儘管覺得背有點擠，儘管這裡沒辦法抬頭，但是他立刻感到十分舒適，只可惜自己的身體太寬，不能完全塞進沙發底下。

他整晚都待在那裡，時而半夢半醒，屢屢因為挨餓而驚醒，時而懷著擔憂與不明的希望，但無論如何，結論都是他必須暫時表現得平靜，顧及家人的感受，雖然是情非得已，終究是自己目前的狀態給家人帶來困擾，他只能透過耐心讓這一切變得沒那麼讓人受不了。

早上天還沒亮，葛瑞果就有機會測試一下自己到底有多大的決心，因為妹妹從玄關那頭開了門，穿戴整齊，神經緊繃地看向房內。她沒有馬上找到他，但是當她發覺他就在沙發下面——天啊，他肯定在某個地方，他是不可能飛走的——，她嚇了好大一跳，以至於她無法控制地又從外面把門關上。但是她很後悔自己做出這樣的舉動，所以馬上把門重新打開，踮著腳尖走了進來，彷彿正要拜訪一位重症病患或是陌生人。葛瑞果把頭稍微伸出沙發，觀察對方的行動。她有沒有發現他沒喝牛奶，而且不是因為肚子不餓的緣故？她有沒有可能再帶其他更適合他的食物過來？雖然他現在真的很想衝出沙發，跪倒在妹妹腳邊，求她帶點什麼好吃的過來，但如果她自己沒有發現，那他寧願餓死，也不會提醒她要這麼做。不過，妹妹立刻驚訝地發現整碗牛奶都沒有動過，只有碗四周灑了一點出來，於是她找了一塊布把碗拿起來帶出去，而不是用手。葛瑞果相當好奇她會拿什麼食物過來，心裡想著各式各樣的可能，但是他怎麼猜也猜不到，好心的妹妹為了測試他的口味，居然把各種選擇都帶了過來，一字排開在舊報紙上。有爛了一半的蔬菜、晚餐吃剩的骨頭，旁邊還帶著凝固的白醬、一些葡萄乾和杏仁，還有葛瑞果兩天前說過不好吃的起司、乾掉的麵包、抹奶油的麵包、抹奶油又撒鹽的麵包。除此之外，她還在碗裡裝滿水，這個碗大概已經變成葛瑞果專用的了。她知道葛瑞果不會在她面前吃東西，所以體貼的她快速離開現場，甚至還用鑰匙把門鎖上，好讓葛瑞果知道他可以放心地盡情享用。終於可以吃飯了，葛瑞果的小腳飛快地向前狂奔，而且他的傷口必定也痊癒了，沒有一點行動不便的感覺。他感到很訝異，想起自己一個多月前不小心被刀子輕輕劃了一下，傷口到前天都還在痛。「難道我變遲鈍了嗎？」他一邊想，一邊貪婪地吸吮著起司，在所有食物裡面，起司明顯最吸引他。他滿足到眼裡泛著淚水，接連快速地吃完起司、蔬菜和醬汁。新鮮食物反而不合他的胃口，就連氣味他也沒辦法忍受，甚至還把想吃的東西拖到遠一點的地方享用。等到他吃完好一陣子，懶洋洋地躺在原地不動，妹妹這才慢慢轉動鑰匙，示意他該回去躲起來了。他本來已經快要睡著，結果瞬間驚醒，連忙躲回到沙發下面。但是，對於現在的他來說，就算只在妹妹在房間裡的短短時間，躲在沙發底下還是需要很大的自制力，因為他吃得太多，吃到身體都變圓了，在狹窄的沙發底下幾乎無法呼吸。他好幾次都快要窒息，用微凸的眼睛看著不知情的妹妹用掃帚把吃剩的東西掃在一起，甚至連葛瑞果沒有碰的食物也是如此，彷彿這些食物也已經不能吃了。她迅速將食物全部倒進垃圾桶，用木頭蓋子蓋住，然後將整個垃圾桶拿到外面。她才剛轉身，葛瑞果馬上就從沙發底下爬了出來，好好地伸展一下身體。

葛瑞果每天都以這種方式用餐。一次在早上，也就是父母和家裡的幫傭都還在睡的時候；第二次則是在午餐時間過後，因為父母吃完飯會小睡一下，幫傭也會被妹妹找理由支開。他們肯定也不想讓葛瑞果餓死，但也許他們就是沒辦法忍受親眼看他吃東西的模樣，而且妹妹可能也不想再給他們帶來絲毫悲傷，因為他們受的苦也真的夠多了。

葛瑞果完全無從得知他們第一天早上是用什麼藉口把醫生和鎖匠請出家門的，因為沒人聽得懂他在說什麼，所以連同他妹妹在內，也沒有人想到他其實可以聽得懂別人說的話。妹妹每天來到他的房間裡，他最多也只能從她口中聽見嘆息，或是聽見她請求聖人的保佑。等她比較習慣了之後——當然談不上完全習慣——，葛瑞果偶爾才會聽見她說出幾句友善的評論，或聽起來沒有惡意的話語。如果葛瑞果吃得一乾二淨，她會說：「今天很合你的胃口。」如果情況相反，她則會帶著悲傷的語氣說：「現在食物又全剩下了。」而這種情況愈來愈常出現。

雖然葛瑞果沒辦法直接得知最近有什麼新的消息，但是他能從隔壁房間聽見一些內容，只要他聽見一點聲音，就會馬上跑到對應的房門邊，把整個身體貼上去。剛開始的時候，即便只是私底下講悄悄話，也沒有任何對話不是與他有關。整整兩天都可以聽見大家吃飯的時候討論現在該怎麼辦，即使在餐與餐之間，大家聊的還是同一個話題，因為家裡隨時至少都會有兩位成員在，大概是沒人想要單獨留在家裡，又不能完全棄這個家不顧。家裡的幫傭——不曉得她到底知道什麼、又知道了多少——第一天就跪在地上，請求母親允許她離開。十五分鐘之後，她就向家人們告別了，還淚眼汪汪地感謝母親同意讓她走人，彷彿這是個天大的善舉，她還自己發了一個毒誓，不會向任何人透露一點消息。

於是妹妹必須和母親一起煮飯，不過這也不是什麼難事，反正大家幾乎都沒什麼吃。葛瑞果一直聽見有人敦促其他人要多吃一點，但是對方總是說「謝謝，我吃飽了」或諸如此類的回答。飲料大概也沒人喝了。妹妹常問父親要不要來點啤酒，還自告奮勇要出去買，但父親總是沉默以對。為了消除父親的疑慮，妹妹說她可以請管理員去一趟，這時父親大聲說了一句「不要」，從此就再也沒有人提過啤酒的事了。

父親第一天就向母親和妹妹說明家裡的經濟情況以及未來的前景。他的店在五年前就破產了，他不時從桌子旁站起來，從當時搶救回來的衛特悍牌保險箱裡取出一張單據和一本記事本。從外面可以聽見他打開複雜的鎖頭，拿出裡面的東西，再把鎖頭關上的聲音。在某種程度上，父親的這番說明是葛瑞果自從被關在房間以來聽見的第一個好消息，他以前總是認為父親在關店之後就什麼也沒剩了，至少父親不曾說過，而葛瑞果也不曾問過。葛瑞果當時一心只想盡可能讓家人盡快忘掉關店帶來的絕望，所以他開始格外賣力地工作，幾乎瞬間就從小店員變成了銷售業務，自然有更多賺錢的機會，而且賺到的佣金都是現金，可以擺在桌上秀給又驚又喜的家人們看。那是一段美好的時光，即便葛瑞果後來賺了更多錢，有能力負擔起全家人的開銷，那段美好也未曾再重現，至少在那段輝煌時光中不再有。無論是家人還是葛瑞果，大家都已經習慣這樣的生活了，雖然家人一樣心懷感激，他也一樣樂於供應，但是已經不再有那種特別的溫暖了。只有妹妹依然和葛瑞果很親近，她和葛瑞果不一樣，非常喜歡音樂，能夠用小提琴演奏出動人的旋律，於是他偷偷計劃明年要把妹妹送進音樂學院，雖然學費一定很貴，但是錢再賺就有了。葛瑞果少數待在城裡的時候，常和妹妹提及音樂學院的事情，但始終把它當成無法想像要怎麼實現的美好夢想，而且父母也不喜歡聽見他們聊這種天真爛漫的事情；但是葛瑞果的想法非常堅定，他打算在平安夜隆重地宣布他的計畫。

當他只能緊緊貼在門上偷聽隔壁講話的內容時，他的腦海裡閃過這些畫面，但是以目前的狀態來說，他什麼也做不了。隨著體力逐漸流失，他有時候沒辦法聽得那麼專心，頭會不小心撞到門上，但是他馬上會回到原本的姿勢，因為就連這點微小的聲響，隔壁都聽得見，並讓所有人陷入沉默。「他又在搞什麼鬼。」父親沉默一下後說，明顯是對著門說的，然後才又慢慢地繼續中斷的對話。

葛瑞果聽得很清楚，因為父親解釋事情習慣重複很多遍，一來是因為他自己很久沒處理這些事情了，二來是因為有些東西母親沒辦法聽一次就懂。父親說，雖然發生了這麼多不幸，但是他們手上還有一些以前存下來的錢，因為都沒有動用，所以還生了一點利息。除此之外，葛瑞果每個月帶回家裡的錢——他只會留一點錢給自己——也沒有用完，累積起來也算是一筆小小的資本。葛瑞果在門後熱切地點點頭，他很開心聽見家人用錢用得那麼謹慎和節儉，這是他始料未及的。其實他也可以拿這筆多出來的錢去償還父親在老闆那裡欠的債，這樣一來，距離他擺脫這份工作的日子就能更近一些，但是現在看來，父親的安排無疑更加妥當。

即便如此，這筆錢還是沒有多到足以讓家人完全靠利息過生活，也許頂多只能維持一、兩年的家計，就已經是極限了。這筆錢其實根本不該用的，必須存下來當成急難預備金，生活用的錢必須靠自己工作去賺。只是父親雖然身體健康，但是年紀大了，而且已經五年沒有工作，他沒有什麼自信。他操勞一輩子，卻沒什麼成就，這五年是他第一次的假期，不僅變胖不少，也變得非常遲緩。母親呢？母親年紀也大了，還患有哮喘病，光是在家裡走一圈就已經氣喘吁吁，每兩天就會因為呼吸困難而必須整天開著窗戶待在沙發上。那妹妹呢？妹妹還只是個十七歲的孩子，而且迄今都過著穿得漂漂亮亮、睡覺睡到飽的日子，只要偶爾幫忙做點家事，參加一些娛樂活動，其他時間都在拉小提琴。每當話題帶到必須出門工作賺錢的時候，葛瑞果都會因為羞愧和悲傷而全身發燙，必須暫時放掉房門，轉身趴到冰涼的沙發皮上散熱一下。

他常常整夜都躺在沙發上無法成眠，只是長時間抓著沙發皮。要不就是費盡千辛萬苦把沙發推到窗邊，爬上窗台，利用沙發的支撐靠在窗戶上，顯然是在回憶過往望向窗外帶來的那種解脫感。因為他的視力一天比一天還差，連眼前的東西都愈來愈看不清楚。他以前總是咒罵太常看見對街的醫院，現在卻連看都看不見了，要不是他清楚知道自己住在城裡鬧中取靜的夏洛特街，他也許會認為窗外看出去是一片荒野，天地都連成灰濛濛的一片。在看見沙發被移到窗戶旁邊兩次之後，注意力敏銳的妹妹每次整理完房間都會把沙發推到窗戶的位置，甚至還會讓房間內側的窗戶敞開著。

如果葛瑞果可以親口和妹妹說話，並謝謝她為他所做的一切，他會比較能夠承受她的照顧。但是他沒有辦法，所以只能默默受苦。不過妹妹已經盡可能避免造成尷尬，隨著時間一久，她愈來愈駕輕就熟，只是葛瑞果同時也愈來愈能夠看穿一切。對他來說，光是她走進他的房間就已經足夠嚇人了。雖然她平時總是很小心不讓別人看到葛瑞果房間的模樣，但是她每次進門都顧不得先將門關上，而是一副快要窒息的樣子，匆匆忙忙跑去把窗戶打開。就算天氣很冷也一樣，她會在窗邊待一會兒，深吸幾口氣。葛瑞果每天都會被她的奔跑和聲響嚇到兩次，每次都會躲在沙發下發抖，但是他心裡很清楚，如果可以的話，妹妹也不想這麼做，只是她沒有辦法在不開窗的情況下待在葛瑞果的房間裡。

距離葛瑞果變形大概已經過了一個月，妹妹其實已經沒什麼理由再害怕葛瑞果的外表了。有一次，她來得比平常還要早一些，撞見葛瑞果正一動也不動地望向窗外，直挺挺的模樣甚是嚇人。葛瑞果大概可以預料到妹妹不會走進來，因為他的位置讓她沒辦法立刻開窗，但是妹妹不僅沒有走進來，甚至還立刻向後退並關上了門，如果陌生人看見了，一定會以為葛瑞果早就埋伏好想伺機咬她。葛瑞果當然馬上就躲到了沙發下，但是他一直等到中午才又等到妹妹過來，她的樣子看起來比平常更加不安。他發覺她還是無法忍受看到他的模樣，而且情況肯定不會有所好轉，看得出她必須努力地克制自己，才不會只看見他從沙發下露出來的一小部分身體就想逃跑。為了不讓她再看到這個景象，他有一天把一塊亞麻布背到沙發上——花了他整整四個小時——，把布整理好，讓它可以完全遮住自己，這樣一來，就算妹妹彎下身子也看不見他。如果她覺得這塊布沒有必要，她也可以把它拿掉，因為葛瑞果明顯也不喜歡把自己完全隔絕起來，但是她讓布原封不動地留著，而且當葛瑞果小心翼翼地探出頭，看一下妹妹對這個新措施的反應時，他甚至覺得自己捕捉到妹妹感激的眼神。

事情發生的頭十四天，父母都沒辦法克服心魔進入他房間，他常聽見他們對妹妹現在的做的事讚不絕口，不像以前老是對妹妹生氣，因為他們一直覺得她是個沒用的小女孩。但是現在，妹妹在葛瑞果房裡打掃的時候，他們兩人常會等在門外，只要她一踏出房門，就得馬上跟他們說明房間裡的情況，葛瑞果吃了什麼、他的舉止如何、有沒有發現什麼好轉的跡象。順帶一提，母親也很想快點進去看望葛瑞果，但是父親和妹妹都勸她不要，他們提出的理由很有道理，連在房間偷聽的葛瑞果都完全認同。但是後來演變成不得用強力的手段攔阻她，每當她喊道：「讓我去見葛瑞果，他是我不幸的兒子啊！難道你們不明白，無論如何我都必須去見他嗎？」葛瑞果便會想，也許讓母親進來會比較好，當然不是每天，但也許可以一個星期一次。畢竟她懂的也比妹妹多，無論妹妹多有勇氣，她終究只是個孩子，搞不好也是因為小孩子沒想太多，才願意承擔這麼艱鉅的任務。

葛瑞果想要見到母親的願望很快就實現了。為了顧及父母的感受，他大白天已經不想出現在窗邊，但是他在這區區數平方公尺的地板上沒有太多爬行空間，靜靜躺著也不是辦法，光是要在夜裡躺平就已經讓他很難受了。不久之後，就連吃東西也不能為他帶來絲毫滿足。為了消遣，他開始習慣在牆壁和天花板爬來爬去。他特別喜歡倒掛在天花板上，這種感受和躺在地板上完全不同，可以更自由地呼吸。一陣輕微的顫抖傳遍他的身體，葛瑞果沉浸在這種近乎喜悅的恍惚狀態中，有時竟會在自己也感到驚訝的情況下失手摔下來，啪地一聲掉到地上。不過葛瑞果現在能夠用有別於以往的方式控制身體，就算從這麼高的地方摔下來也不會受傷。妹妹馬上就注意到他發明的新消遣方式，畢竟他在爬來爬去的過程中把黏液沾得到處都是，於是她開始思考要怎麼幫葛瑞果創造出最大的爬行空間，並且把阻礙爬行的家具挪開，尤其是書桌和櫃子。問題是，這件事只靠她一個人做不來，但是她又不敢去向父親求助。家裡還有一位快要十六歲的幫傭，但是她肯定也愛莫能助，雖然她在前任廚娘離職之後仍然勇敢地堅守崗位，不過她請家人同意她隨時關上廚房的門，只有需要找她的時候才會打開。於是，妹妹只好趁父親不在家的時候找母親來幫忙。母親興奮歡呼著走了過來，但是到了葛瑞果房門口又陷入了沈默。妹妹當然先檢查過房間裡的狀況，確定一切正常後才讓母親進去。葛瑞果以迅雷不及掩耳的速度把亞麻布往下拉，拉得比平常更低，弄出更多皺褶，看上去真的就像一塊隨便丟在沙發上的布。葛瑞果這次沒有選擇躲在亞麻布下偷窺，他放棄了看看母親的機會，只是很高興母親願意過來找他。「放心進來吧，妳不會看到他。」妹妹說，顯然牽著母親的手帶她進來。他聽見兩個柔弱的女子開始挪動那個又老又重的櫃子，以及母親擔心妹妹會過度勞累，但是妹妹不顧母親的勸誡，承擔起大部分的工作。這件事花了很長時間。約莫十五分鐘過後，母親說，她們最好還是把櫃子留在這裡，一來是櫃子真的太重了，她們沒辦法在父親回來之前完成，而且櫃子在房間正中央也會把所有的路堵住；二來也不確定葛瑞果會不會喜歡她們把家具全都搬走。她覺得葛瑞果可能會比較喜歡原本的擺設，因為她看到空蕩蕩的牆壁就覺得心裡沉重，難道葛瑞果不會也這麼覺得嗎？畢竟他早就已經習慣這些家具的存在，在空蕩蕩的房間裡反而會覺得自己被遺棄。「而且，難道……」母親輕聲做出結論，彷彿她在講什麼悄悄話，雖然她不知道葛瑞果現在的確切位置，也很確信他聽不懂人話，但她似乎就是不想讓葛瑞果聽見任何聲響。「難道他不會覺得我們把家具全都搬走是因為我們已經放棄了他會好轉的希望，而想讓他自生自滅？我覺得最好還是讓房間維持原樣，這樣一來，假如葛瑞果回到我們身邊，他才會看到一切都一如往常，也更容易忘記這段期間發生的事情。」

聽見母親這番話，葛瑞果才意識到，自己缺乏人與人之間的直接對話，而且被限制在這個家裡面，過著單調的生活，兩個月下來，肯定已經讓他的思緒變得混亂，不然他沒辦法解釋自己為什麼會認真渴望家人幫他清空房間。這間房間溫暖又舒適，還擺放著祖上流傳下來的家具，他真的想把這裡變成一無所有的洞穴嗎？雖然他在洞穴裡可以不受阻礙地爬向各處，但同時也會迅速遺忘自己身為人類的過去，現在他也已經真的快要忘記了，只是許久未聞的母親聲音頓時讓他清醒過來。什麼東西都不該移走，一切都必須留下來，這些家具能對他的狀況帶來正面的影響，他不能沒有這些家具。如果家具妨礙了他毫無意義地四處爬行，那也不會造成什麼損失，反而是一件好事。

只是妹妹抱持不同的看法。她已經習慣在談論葛瑞果的時候向父母展現自己的專業，而且也不無道理。所以，母親現在提出的建議已經足以構成讓她堅持移走家具的理由，而且不只是她最早想到的書桌和櫃子，除了那張不可缺少的沙發，全部的家具都要搬走。她之所以提出這個要求，當然不只是出於孩子氣的叛逆以及這陣子意外培養出來的自信，更因為她確實觀察到葛瑞果需要許多空間爬行，而且絲毫沒有使用家具的跡象。也許其中還摻雜著少女在這個年紀常有的心態，只要一有機會就會全心投入，導致葛瑞桃此刻很容易把葛瑞果的處境變得更加嚇人，這樣之後才能夠為他做更多事情。因為除了她以外，大概沒有人敢踏進這個完全由葛瑞果主宰的空房間。

於是她不顧母親反對，堅持自己原本的決定，母親則是因為在這間房裡非常不安，很快就不發一語，全力幫妹妹把櫃子搬到外面。只不過，葛瑞果可以沒有櫃子，但是不能沒有書桌，於是她們才剛氣喘吁吁地把櫃子推出門外，他就馬上把頭伸出沙發，仔細觀察四周，想看看自己可以怎麼小心地採取行動。不幸的是，葛瑞桃還在隔壁房間徒勞地抱著櫃子左右搖晃，母親就已經先回來了。母親還不習慣看到葛瑞果的模樣，他可能會害她嚇出病來，所以葛瑞果慌忙地退到沙發的另一個角落，但還是沒能避免動到前面的亞麻布。母親注意到沙發下的動靜，整個人在原地頓了片刻，然後走回葛瑞桃身邊。

儘管葛瑞果一直告訴自己，她們只不過是把一些家具搬去其他地方，沒什麼大不了的，但是他很快就不得不承認，她們來來回回的動作、彼此壓低的呼喊、家具在地上磨擦的聲音，對他來說就像一股巨大、從四面八方襲來的嘈雜騷動，逼得他必須緊緊縮起頭腳、壓低身體，他忍不住對自己說，他已經快撐不下去了。她們清空了他的房間，拿走了所有他喜歡的東西。她們已經把放有線鋸和其他工具的櫃子搬到外面，現在正在試著把死死嵌進地板的書桌抬起來，那可是陪他唸完了整個商學院、甚至是他中小學階段寫作業的桌子——他真的已經無暇去想她們到底有什麼用意了，再說他也幾乎忘了她們的存在，因為她們累到一句話也說不出來，只聽得見她們沉重的腳步聲。

於是他衝了出來——她們正靠在隔壁房間的書桌上休息——接連四次改變方向，不知道應該先搶救什麼，這時他看到空蕩蕩的牆上顯眼地掛著那幅全身穿著皮草的女士的畫，便飛快地爬了上去，把身體緊緊貼在玻璃上，玻璃不僅能支撐他的重量，還可以幫他發燙的肚子稍微降溫。葛瑞果用身體把畫完全蓋住，這幅畫說什麼也不能被人拿走。他把頭轉向通往客廳的門，以便觀察她們回來時的舉動。

她們沒有休息太久，很快又回來繼續工作。葛瑞桃用手臂攙扶著母親，幾乎讓母親整個人撐在她身上。「那我們現在要搬什麼呢？」葛瑞桃邊說邊環顧四周。這時她和牆上的葛瑞果四目相接，大概是因為母親在場的緣故，她努力鎮定下來，把臉轉向母親，以防她四處張望。她來不及多想，顫抖著對母親說：「算了，我們要不再回客廳待一下吧？」葛瑞果很清楚葛瑞桃的用意，她想把母親帶到安全的地方，然後再把他從牆上趕下來。好吧，如果她想這麼做就試試看！他就坐在畫的上面，絕對不會把畫交出去，他寧願跳到葛瑞桃的臉上也不放手。

但是葛瑞桃的話反而讓母親不安了起來，她退到一旁，看見印花壁紙上有個巨大的棕色斑點，她還沒意識到那就是葛瑞果，就用沙啞的嗓子大喊：「天啊！天啊！」她張開雙臂撲向沙發，彷彿已經放棄一切，一動也不動地倒在上面。「葛瑞果，你看看你！」妹妹舉起拳頭大喊，狠狠地瞪著他喊道。這是他變形以來，她直接對他說的第一句話。她跑進隔壁房間，想去拿些精油好讓昏厥的母親甦醒過來。葛瑞果也想幫忙，反正還有時間搶救那幅畫，但是他已經緊緊黏在玻璃上，得很用力才有辦法掙脫。接著他也跑進隔壁房間，彷彿想和從前一樣給妹妹一些建議，但是他什麼事也做不了，只能站在妹妹身後。妹妹還在翻找各式各樣的小瓶子，結果一轉身又嚇了一大跳。一個瓶子掉到地上摔破了，碎片扎傷了葛瑞果的臉，某種具腐蝕性的藥水在他身旁流得到處都是。葛瑞桃沒有多做停留，她盡其所能地拿了許多小瓶子跑回去找母親，並用腳把門踢上。她把葛瑞果和母親隔離開來，因為他的錯，母親也許正在生死關頭徘徊。妹妹必須待在母親身邊，如果他不想嚇跑她，他就不能把門打開。現在除了等待，他別無選擇。他心裡充滿擔憂與自責，於是開始到處亂爬，爬過房間裡的一切，包括牆壁、家具、天花板，整個房間開始在他眼前天旋地轉，最後他絕望地掉了下來，跌落在大桌子的中央。

葛瑞果虛弱無力地躺在那裡，過了一會兒，四周還是毫無動靜，這也許是個好跡象。這時電鈴響了，家裡的幫傭把自己關在廚房，所以葛瑞桃必須去開門。父親回來了，他的第一句話就是：「發生了什麼事？」葛瑞桃的樣子大概已經說明了一切，她的聲音聽起來很含糊，顯然是把臉埋在父親的胸口：「媽媽剛才昏倒，但現在已經好多了。葛瑞果逃走了。」「我就知道。」父親說：「我一直告訴妳們事情絕對會變成這樣，但妳們這些女人就是不想聽。」葛瑞果心裡明白，妹妹把事情交待得過於簡短，所以在父親耳裡聽起來就變得十分嚴重，以為葛瑞果做了什麼傷天害理的事情。他現在必須先想辦法安撫父親，因為他既沒有時間也沒有辦法向父親說明事情的真相。於是他逃到自己的房門口，緊緊靠在門上，如此一來，等父親從玄關走進客廳，馬上就能看到葛瑞果一心想回房去，不用特別趕他，只要把門打開，他馬上就會消失不見。

但是父親沒有心情去注意這些小細節。「啊！」他一走進來就大喊一聲，聽起來彷彿又怒又喜。葛瑞果把頭從門轉向父親，他真的從未想過父親會像現在這副模樣站在那裡。不過他前一陣子都在忙著爬來爬去，不再像以前一樣關心家裡發生的事情，他應該要先做好心理準備，才有辦法面對大大小小的改變。儘管如此，儘管如此，眼前的這個人真的是父親嗎？真的是葛瑞果每天早上出門上班時還躺在被窩裡的那個人嗎？真的是晚上穿著睡衣坐在沙發椅上迎接他出差回來的那個人嗎？根本起不了身，只能舉個手表達喜悅的那位？一年中，他們全家只有難得幾個週日或逢年過節時會一起散步，他會走在葛瑞果和母親中間，他們走路已經夠慢了，而他又走得更慢，全身裹在破舊的大衣裡，小心翼翼地撐著拐杖慢慢前進。如果他想說點什麼，幾乎每次都會停下來，把同行的人全都叫到身旁。然而，此時的他站得挺直，身上的藍色制服燙得整整齊齊，上面還縫著金鈕釦，就像銀行行員穿的那樣。大衣的高領上方露出了他厚實的雙下巴，濃眉下一雙黑眼睛炯炯有神。原本總是雜亂的白髮，現在梳成了一絲不苟的的旁分油頭。他的帽子上有個金色的標誌，大概是某家銀行的商標，他把帽子丟向沙發，在空中畫出一道拋物線，然後將大衣的衣擺向後一甩，雙手插在口袋，帶著憤怒的表情朝葛瑞果走去。他大概也不知道自己該作何打算，無論如何，他還是把腳高高地抬了起來。葛瑞果對父親靴子像巨人般巨大的尺寸感到吃驚，然而他沒有停在原地，因為打從他獲得新生命的第一天開始，他就知道父親認為要對他採取最嚴厲的態度。於是他開始閃躲，只要父親停下來，他就跟著停下來，只要父親稍微動一下，他便飛快地向前跑。他們就這樣你追我跑地在房間繞了好幾圈，始終沒有什麼結果，而且速度甚至慢到看不出來這是一場追捕行動。所以葛瑞果暫時待在地上，加上他也害怕如果自己逃到牆壁或天花板上，父親可能會覺得他懷著不好的意圖。即便如此，葛瑞果還是不得不告訴自己，他沒辦法這樣一直跑下去了，因為父親走一步，他就必須動好幾步。他開始感到呼吸困難，畢竟他的肺一向就不太好。他跌跌撞撞地全力衝刺，眼睛都快張不開了。而且他遲鈍地認為，除了這樣跑下去之外，根本沒有什麼其他得救的可能；他幾乎忘了自己還可以跑到牆上，雖說這裡的牆壁也被稜稜角角的家具擋住了去路。這時有個東西丟了過來，從他身旁飛過，掉到地上滾了幾圈。那是一顆蘋果。隨後另一顆又飛了過來，葛瑞果嚇到動彈不得，繼續跑下去也無濟於事，因為父親已經決定用蘋果轟炸他。父親從餐具櫃上的水果盤拿蘋果塞滿口袋，也不瞄準，就一顆接一顆丟出去。小小的紅蘋果像是通了電一樣，在地板上滾來滾去，互相碰撞著。一顆丟得比較小力的蘋果從葛瑞果背上擦過，沒有造成傷害，但是緊接而來的下一顆直接砸進他的背裡。葛瑞果想拖著身體向前，彷彿換個位置就能減輕這突如其來的劇痛；然而他感覺就像被釘住了，感官完全錯亂，只能癱在原地不斷掙扎。他到最後一刻才看見自己的房門猛地被打開，母親在妹妹的尖叫聲中衝了出來，她只穿著襯衣，顯然是因為妹妹想讓她比較好呼吸，因此把她的外衣脫掉了。葛瑞果看見母親跑向父親，解開釦子的裙子一件一件滑到地上，母親被裙子絆了一下，跌進父親的懷裡抱住他，和他完全合為一體——但葛瑞果這時的視力已經不行了——她的雙手抱住父親的後腦勺，請求父親饒了葛瑞果一命。

三

葛瑞果傷得很重，痛苦了一個多月——因為沒有人敢去碰，所以那顆蘋果就這樣卡在肉裡作為可見的紀念——這似乎也提醒了父親，雖然現在葛瑞果看起來既可悲又噁心，但是他畢竟是家裡的一份子，不能像對待敵人一樣對待他，家人們有義務克制自己的反感，然後忍耐，除了忍耐還是忍耐。

葛瑞果的傷或許已經讓他永遠喪失了行動能力，目前只能像個老弱殘兵一點一點地慢慢橫越房間——爬到高處就別想了——，儘管情況變得雪上加霜，但是他認為自己因此換來了足夠的補償，因為將近傍晚的時候客廳的門就會打開，他已經習慣每天提早一、兩個小時觀察這扇門的動靜。這樣他可以看見全家人在客廳點著燈共進晚餐，而他躲在烏漆抹黑的房間裡，從外面看不進來。某種程度上，他也逐漸被允許聆聽家人們的交談，這點和之前完全不同。

只不過，他們已經不再像以前一樣熱鬧地聊天了。以前葛瑞果出差的時候，每當他累倒在旅館房間潮濕的床上，心裡總是想念和家人們聊天的時光，但是大家現在大多數時間都沉默不語。父親吃完飯後很快就在沙發上睡著，母親和妹妹互相提醒對方要保持安靜。母親俯身在燈下為一間時裝店縫製精緻的內衣；妹妹則是找到了一份銷售員的工作，每天晚上都在努力學習速記和法文，希望之後能找到更好的職位。父親時不時會醒過來，然後對母親說：「妳今天又縫了多久！」彷彿不知道自己剛才睡著，說完又會馬上入睡，而母親和妹妹只是疲倦地相視一笑。

父親有一種固執的心態，連在家也不願意脫下他的制服。睡袍掛在衣架上毫無用武之地，父親全身穿戴得整整齊齊，就在位子上打起盹來，彷彿隨時準備好要去工作，只等上級的一聲令下。因此，儘管有母親和妹妹的悉心照料，他那件原本就不是全新的制服很快就髒掉了。葛瑞果常常整晚看著那件布滿髒污的衣服，上面的金鈕釦總是擦拭得閃閃發亮，雖然眼前的老男人穿得極度不舒服，但還是能安然入睡。

十點一到，母親就試著小聲叫醒父親，勸他回到床上去睡，因為這裡沒辦法好好睡覺，而且父親明天早上六點就要出門工作，非常需要好好睡一覺。但是自從父親開始工作之後，他就變得愈來愈固執，儘管一直不小心睡著，他還是堅持要在桌子旁邊多待一會，得花很大的工夫才有辦法說服他從沙發換回床上。就算母親和妹妹好說歹說不停催促他回房間，他還是會在那裡坐十五分鐘，閉著眼睛，緩慢地搖頭，說什麼就是不站起來。母親拉拉他的衣袖，在他的耳邊說幾句甜言蜜語，妹妹則放下功課去幫助母親，但父親就是不為所動，反而在沙發上陷得更沉。直到兩個女人架住他的腋下，他才睜開雙眼，看看母親又看看妹妹，然後說：「這就是人生，這就是我晚年的安寧。」他在兩個女人的支撐下緩慢地站起，彷彿他就是自己最沉重的負擔，她們牽著他走到門口，他在那裡示意她們離開，然後自己繼續前進，而母親和妹妹則飛快丟下手上的衣物和紙筆，跟在父親身後繼續協助。

在這個忙到身心俱疲的家庭裡，除了必要的基本需求以外，誰還有多餘的時間關心葛瑞果呢？家務開銷愈來愈緊縮，家裡的幫傭也已經辭退了。每天早晚會有個高高瘦瘦、滿頭白髮的幫傭來幫忙打理最粗重的工作，其餘的事情都要等到母親縫紉之餘才有辦法處理。甚至連母親和妹妹以前參加活動最喜歡戴的首飾也全賣掉了，這是葛瑞果晚上在他們討論價錢的時候聽到的。但是他們最常抱怨的還是沒辦法搬離這間以目前情況來說太大的房子，因為他們想不到該怎麼移動葛瑞果。但是葛瑞果非常清楚，妨礙他們搬家的原因不只是他的緣故，畢竟他們只要把他裝在合適的箱子裡，開幾個透氣的小洞，就能輕鬆地將他搬到新家去。無法搬家的理由主要還是在於徹底的絕望，而且他們心裡也覺得沒面子，因為親戚朋友之間從來不曾有人遭遇過類似的不幸。他們把這個世界對窮人的要求做到了極致，父親幫基層行員買早餐，母親將心力奉獻給陌生人的衣服，妹妹在櫃台後面被客人使喚來使喚去，但這已經是他們的極限了。母親和妹妹把父親送上床後，就會回到客廳，放下手邊的工作，臉貼著臉，彼此靠在一起。母親會指著葛瑞果的房間說：「去把門關起來吧，葛瑞桃。」葛瑞果會再次被關在黑暗之中，而她們則在隔壁房間一起默默流淚，或是欲哭無淚地看著桌子發呆。每當這個時候，葛瑞果背上的傷就會重新疼痛起來。

葛瑞果幾乎日日夜夜無法成眠。他有時會想，當他們下次把門打開的時候，他就要像從前一樣負責這個家的大小事務。隔了這麼長一段時間，他的腦海裡再次浮現老闆和代理的身影，還有店員和學徒、遲鈍的門房、兩三位來自其他店的朋友、鄉下旅館的房務人員，那一段稍縱即逝的美好回憶，以及他曾經熱烈追求過的帽子店員，只可惜他的動作太慢了——這些人浮現在他的腦海裡，與陌生人的身影和那些他早已遺忘的人們混雜在一起，但是他們完全幫不上他和家人的忙，反而顯得遙不可及，所以他很開心這些人最後又消失了。不過，他接著又沒心情為家人擔心了，他變得怒氣沖沖，覺得家人沒有把他照顧好，雖然他想不到自己會對什麼有胃口，他仍然做了幾個前往食物貯藏室的計畫，就算不餓，他還是想從那裡拿點他應得的東西。現在，妹妹沒有多餘的心力再去思考葛瑞果可能會喜歡什麼，她每天早上和中午趕在出門上班之前，會用腳隨便踢點什麼吃的到葛瑞果房間。到了晚上，不管葛瑞果只吃了一點，還是——最常見的情況——完全沒碰，她會再用掃把把東西從房間勾出來。她現在也只到晚上才有辦法幫葛瑞果打掃房間，但打掃得越來越馬虎。牆上有一條條污痕，灰塵和垃圾也積得到處都是。剛開始，葛瑞果會趁妹妹來房間的時候移動到特別髒亂的角落，藉此表達一點責怪。但就算他在那裡待上一個星期，妹妹也不會有任何改進，她和他一樣清楚房間又髒又亂，但是她已經決定撒手不管了。與此同時，她也開始變得敏感起來，認為葛瑞果的房間應該要由她來負責，這是她從來不曾有過的情緒，而且全家人也都深受影響。有一次，母親決定在葛瑞果的房間大掃除，她用了好幾桶水才打掃完畢——不過也因此把房間弄得太濕，讓葛瑞果很不舒服，生氣地躺在沙發上一動也不動——，而母親同樣嚐到了苦頭。因為妹妹晚上回到家就發現有人動了葛瑞果的房間，她覺得受到非常大的污辱，儘管母親舉手發誓自己沒有那個意思，她還是跑進客廳崩潰大哭，驚訝的父母親——父親當然已經從沙發上嚇醒——只能無能為力地看著她哭；最後他們也按捺不住了。父親責備右手邊的母親沒有把葛瑞果的房間留給妹妹打掃，又對著左手邊的妹妹大吼，叫她以後不准再去打掃葛瑞果的房間。母親試圖把激動到不能自己的父親拉回臥室；妹妹還在抽泣，不停用拳頭捶打桌面；葛瑞果則是氣到用力發出嘶嘶聲，因為沒有人想到要把門關上，平白無故讓他看到大吵大鬧的這一幕。

就算妹妹已經工作到筋疲力盡，沒有心力再像從前一樣照顧葛瑞果，母親其實也大可不必出手為她代勞，葛瑞果也不會因此遭受冷落。因為家裡來了一個幫傭。這位身強體健的老寡婦大概經歷過不少大風大浪，根本不覺得葛瑞果有什麼好怕的。有一次，她偶然打開了葛瑞果的房門，把葛瑞果嚇了一跳，儘管沒有人在追逐他，他還是開始在房間裡跑來跑去，但她看見了也只是把雙手揣在懷裡，驚訝地站在原地。從此以後，她每天早上和晚上都會稍微把門打開，看看裡面的葛瑞果。剛開始她還會呼喚葛瑞果，說一些自認為友善的話，例如「老糞蟲，你來一下！」或「看看這隻老糞蟲！」葛瑞果對這些話連理都不理，動也不動地停在原地，彷彿門根本沒有打開過。與其讓這位幫傭想到就來打擾他一下，還不如命令她每天來打掃一次！有天清早——外面的大雨打在窗戶上，應該是春天要來的前兆——，幫傭又開始對他說那些有的沒的，葛瑞果氣到轉身作勢要攻擊她，但他移動得很慢又軟弱無力。幫傭非但不害怕，還順手從門邊拿起一把椅子舉在空中，張大嘴巴站著不動，顯然是要把手上的椅子砸到葛瑞果背上之後，她才會閉上嘴巴。葛瑞果轉過身去，她緩緩地把椅子放回角落說道：「所以不繼續了是吧？」

葛瑞果幾乎不再進食了。只有在偶然經過為他準備的食物時，才會咬一口放在嘴巴裡玩玩，幾個小時之後，多半又會再把食物吐掉。他原本以為是因為房間變成現在這個狀態，才讓他難過到吃不下，但他其實很快就接受房間改變的事實了。大家已經習慣把不知要放到哪裡的東西堆進他房間，而且這樣的東西現在愈來愈多，因為家裡把一間房間租給了三位租客。這些租客都很嚴肅——葛瑞果有一次透過門縫發現三個人都留著落腮鬍——他們非常在意家裡是否打理得整整齊齊，不僅對他們的房間是如此，對整個家的環境更是如此，尤其是廚房，因為這裡也是他們花錢租的。他們無法忍受用不到的雜物堆在那裡，更受不了髒亂，除此之外，他們還搬了一些自己的家具進來，於是家裡許多東西就變得多餘了。這些東西雖然賣不出去，但大家也不想就這樣丟掉，最後全都進了葛瑞果的房間，包括廚房的煤灰桶和垃圾桶。只要是目前用不到的東西，幫傭就會急著直接丟進葛瑞果的房間。幸運的是，葛瑞果大多只會看到幫傭的手和手上的東西。幫傭也許原本打算再找機會把東西拿回去，或是一次拿去外面全部丟掉，但是東西丟進來之後就一直留在那裡，葛瑞果只能東閃西閃繞過它們，然後將這些雜物推到其他地方。起初他也是逼不得已，因為已經沒有多餘的爬行空間了，但是到後來他反而愈推愈過癮，雖然他每次推完之後都會累得半死，然後一陣心酸，接下來好幾個小時都會一動也不動。

因為租客們有時也會在共用的客廳吃晚餐，所以通往客廳的門有時候是關著的，但是葛瑞果很快就放棄了要開門的念頭，因為就算門開著，他也不會多加利用，反而是獨自躺在房間最黑暗的角落，而家人們壓根沒有發現。有一次，幫傭讓通往客廳的門留了一條小縫，直到租客晚上回來把燈打開的時候，門還是開著。他們坐在餐桌的上位，那是父母親和葛瑞果以往坐的位置，然後打開餐巾，拿起刀叉，母親立刻端了一碗肉從門裡走出，妹妹緊跟在後，手裡捧著一碗裝得滿滿的馬鈴薯。食物冒著熱騰騰的蒸氣。租客們俯身觀察碗中的食物，彷彿想在開動前先檢查一下，坐在中間的那位似乎是他們的老大，他用刀子切開一塊肉，顯然想要確定肉燉得夠不夠爛、需不需要送回廚房重煮。他很滿意，原本很緊張的母親和妹妹鬆了一口氣，臉上露出微笑。

一家人則在廚房裡用餐。儘管如此，父親在進廚房之前，還是先來這個房間向租客們行了一鞠躬，然後將帽子拿在手裡，分別向每位租客致意。租客們全都起身回禮，嘴裡不曉得在咕噥些什麼。等到父親離去，他們又繼續吃著自己的晚餐，幾乎一句話也不說。葛瑞果覺得奇怪，雖然吃東西會發出各種聲音，但他總是能聽得出他們正在用牙齒咀嚼食物，彷彿他們想讓葛瑞果知道，想吃東西就要有牙齒，就算大顎長得再漂亮，沒有牙齒還是無濟於事。「我真的有胃口，」葛瑞果憂心忡忡地自言自語：「但我想吃的不是這些。租客們吃成那個樣子，而我卻快死了！」

就在這天晚上——葛瑞果不記得自己在這段期間曾經聽過小提琴的聲音——琴聲從廚房裡傳了出來。租客們已經吃完晚餐，中間那位把報紙拿出來，分給其他兩個人一人一張，然後靠著椅背，一邊讀著報紙一邊抽菸。小提琴開始演奏的時候，他們全都注意到了，於是起身踮著腳尖走向通往玄關的門，一個挨著一個擠在玄關裡。廚房裡的人肯定聽見了外面的動靜，因為父親從裡面大喊：「是不是琴聲讓先生們覺得不舒服了？我們可以立刻停止演奏。」「正好相反，」中間那個人說：「難道小姐不想來我們客廳這裡演奏嗎？畢竟這裡比較方便，也舒適得多。」「那再好不過了。」父親喊道，彷彿他才是演奏者似的。三位先生回到客廳等待。沒過多久，父親帶著譜架，母親和妹妹也分別拿著譜和小提琴走了進來。妹妹靜靜地為演奏做準備，而父母親因為從來不曾把房子租給別人，所以對租客有些客氣過頭，完全不敢坐到自己的沙發上。父親靠著門，把右手插在工作制服的兩顆鈕釦之間；一位租客拿了一張椅子請母親坐下，他將椅子隨手一放，母親也沒敢移動，就這樣坐在側邊的角落。

妹妹開始演奏，父親和母親各自專心地看著她手部的動作。葛瑞果被琴聲吸引，向前多走了幾步，頭都已經探進客廳了。他最近開始不大顧及他人的感受，對此他並不感到意外，儘管他以前相當自豪自己總是能為別人著想。其實他現在反倒更有理由躲起來，因為他的房間積滿了灰塵，只要輕輕一動，灰塵就會飛得到處都是，連他也沾得全身。他的背上和身體兩側拖著一堆線、頭髮、吃剩的食物，他對一切都覺得無所謂了，也不再像以前一樣，每天都用地毯幫自己刷背好幾次。儘管現在是這副模樣，他也沒有退縮，又在潔白無瑕的客廳地板上向前挪動了幾步。

不過也沒有人注意到他。全家人都專注在小提琴的演奏中；租客們則是手插口袋，站在妹妹的譜架後面，但是站得太近了，近到都能看見樂譜的內容，這肯定會對妹妹造成干擾，所以他們很快又低頭小聲交談了一番，然後退到窗戶旁邊待著，父親則在一旁憂心地觀察他們的行動。明顯看得出來，他們原本以為會聽到美妙或趣味性十足的小提琴演奏，現在卻不只失望，而且已經聽得很厭煩，只是出於禮貌才默默忍受下去。尤其是從他們用鼻子和嘴巴吐煙的動作，更可以看得出他們有多麼煩躁。妹妹其實演奏得很好，她的臉側向一邊，帶著悲傷的眼神審視每一行譜。葛瑞果又向前爬了幾步，把頭緊緊貼在地上，想找機會和她的目光接觸。他是動物嗎？怎麼會覺得音樂如此動人？他覺得眼前彷彿出現了一條路，通往嚮往已久的未知食物。他決定直接爬到妹妹身旁，拉拉她的裙擺，讓她知道她可以帶著小提琴去他房間，因為在場沒有人像他一樣懂得欣賞她的音樂。至少在他有生之年，他都不想再讓妹妹離開房間了。他那副嚇人的模樣終於派得上用場，他想要同時守住房間的所有入口，喝退每個想要侵入他房間的人。但是他不想逼妹妹這麼做，她應該要自願留在他身邊；她應該要坐在他身旁的沙發上，側耳聽他說話，他想告訴她，自己曾經打定主意要把她送進音樂學院，如果不是中途發生了這場意外，他就會在上個聖誕節——聖誕節應該已經過了吧？——向所有人宣布這件事，而且不在乎會不會有人站出來反對。聽完這番話，妹妹會感動得痛哭流涕，葛瑞果會爬上她的肩膀，親吻她的脖子。自從她去店裡上班之後，就沒有再圍領巾，也沒有再穿有領子的衣服了。

「莎姆莎先生！」中間那位先生對父親大喊，然後什麼話也沒說，用食指指著正在緩慢向前移動的葛瑞果。小提琴聲戛然而止。中間那位租客先是搖著頭對他的友人微微一笑，然後又看向葛瑞果。比起把葛瑞果趕走，父親認為眼前更重要的是先安撫租客的情緒，雖然他們一點也不生氣，而且似乎還覺得葛瑞果比小提琴演奏更有趣。父親急忙跑向他們，試圖張開雙臂催促他們回到自己的房間，同時用身體擋住他們的視線，不讓他們看見葛瑞果。這時他們開始有點生氣了，不曉得是因為父親的舉動，還是因為他們現在才意識到自己沒聽說過隔壁住著這麼一位鄰居。他們要求父親做出解釋，同樣高舉雙臂，焦躁地捻著鬍鬚，在父親三催四請下才緩慢地退回自己的房間。與此同時，因為演奏被打斷而陷入失落的妹妹終於回過神，她原本還漫不經心地拿著小提琴和琴弓，眼光盯著琴譜，彷彿自己仍在演奏，然後突然振作起來，把樂器放在母親懷裡，母親因為呼吸困難，正坐在沙發上喘不過氣。妹妹搶在租客之前進到他們房間，可以看見她用熟練的雙手將床上的棉被和枕頭整理得整整齊齊，租客都還沒有走到房間，她就已經把床鋪好又溜了出來。父親似乎又固執起來，以至於忘記對租客該有的尊重，他一而再、再而三地催促，直到中間那位先生進房重重地踩了一下地板，父親這才停了下來。「我在此宣布。」他說，然後舉起手，目光循著母親和妹妹的身影，「由於這個房子和這個家的生活環境實在讓人噁心，」——他猛然吐了一口口水在地上——「我要立刻退租我的房間。當然，我也不會為我在這裡住的那幾天付任何一毛錢，我反而還要考慮要不要向您提出索賠，至於理由——相信我——理由真的非常好找。」接下來他不再說話，目光直視前方，似乎在期待什麼。於是他的兩位朋友馬上跳出來答腔：「我們也要退租。」他們說完後，中間那位先生就抓著門把，砰地一聲把門關上。

父親搖搖晃晃地走向自己的沙發，雙手不停揮舞，然後跌坐在沙發上，整個人呈現大字型，看起來就像平常吃完晚餐準備小睡一下的模樣，但是他完全沒有要睡覺的意思，反而不停用力地點著頭，彷彿頭部沒有任何支撐。這段期間，葛瑞果始終靜靜躺在原地，就在租客們發現他的地方。他很失望自己的計畫失敗，也許又加上他已經餓了那麼久，身體非常虛弱，使他沒辦法再移動一步。他害怕家人下一刻就會崩潰，並將怒氣發洩在他身上，他如此確信並靜靜等待著。小提琴從母親顫抖的手中滑落，從懷裡掉到地上，發出偌大的聲響，但是葛瑞果依然不為所動。

「親愛的爸爸媽媽，」妹妹說著，並用手敲了一下桌子，「不能再這樣下去了。也許你們不這麼覺得，但是我看得一清二楚。我不想在這隻怪物面前說出哥哥的名字，所以我只想說：我們必須設法擺脫牠。我們已經做了一切人類能力所能做到的，我們照顧牠、忍受牠，我認為沒有人可以對我們有任何指責。」

「她說得對極了，」父親自言自語地說。母親還沒有喘過氣來，摀著嘴巴，目光錯亂，悶聲咳了起來。

妹妹飛快跑到母親身旁，扶住她的額頭。妹妹說的話似乎讓父親有了更具體的想法，他挺直身體坐起來，在桌上租客用過晚餐留下來的盤子間，把玩著他的工作小帽，時不時看向靜靜躺在地上的葛瑞果。

「我們必須設法擺脫牠，」妹妹單獨又對父親說了一次，因為母親在咳嗽中聽不見任何聲音，「牠會害死你們兩個，我很確定。如果已經像我們現在這樣工作都忙不過來，那真的無法再承受家裡這種永無止境的折磨了。我已經受不了了。」她突然嚎啕大哭起來，哭到眼淚都滴落在母親臉上，她用手機械似地將淚水從母親的臉上擦掉。

「孩子，」父親同情地說，而且異乎尋常理解她的看法，「但我們該怎麼做？」

妹妹聳聳肩，她也不知道該怎麼辦，她只能不停地哭，不再像方才那麼自信。

「如果他聽得懂我們在說什麼就好了。」父親試探性地說。妹妹邊哭邊用力搖手，表示這件事連想都不用想。

「如果他聽得懂我們在說什麼，」父親又重複了一次，閉起雙眼，接受了妹妹認為這不可能的看法，「也許我們就能和他達成某種協議。但是——」

「牠必須離開，」妹妹大喊：「這是唯一的方法了，爸。你只需要拋棄牠是葛瑞果的想法就好了。我們真正的不幸就在於我們一直認為牠是葛瑞果，但牠怎麼可能會是葛瑞果？如果是葛瑞果的話，他早就該知道人和這種動物是不可能一起生活的，然後就會自願離開。這樣的話，雖然我們沒了哥哥，但還是能繼續生活下去，然後在心中永遠懷念他。然而事情並非如此，這隻動物不僅不放過我們，還把租客們全趕跑了，牠顯然想把整個家全都占走，讓我們只能淪落街頭。爸爸，你看。」她突然叫了一聲：「牠又開始了！」葛瑞果完全不明白為什麼她會受到那麼大的驚嚇，她甚至棄母親於不顧，飛快地從沙發彈開，跑到父親身後，彷彿她寧願犧牲母親，也不願讓葛瑞果靠近自己。父親看見妹妹的舉動，也隨即站起身來，半舉起雙臂，彷彿要保護她。

但是葛瑞果壓根沒想要讓人感到害怕，更別說是妹妹了。他不過是開始轉身走回自己的房間，只是因為他的狀態很痛苦，必須靠頭部的輔助，所以他不斷抬起頭又撞向地面，才會看起來那麼奇怪。他在半路停下來，轉頭環顧四周，大家似乎都意識到他的善良意圖，只是第一時間被嚇了一跳。大家什麼話都沒說，帶著悲傷的神情靜靜地看著他。母親坐在沙發椅上，雙腿伸直併攏，她已經累到眼睛都快閉起來了；父親和妹妹坐在一起，妹妹的手摟著父親的脖子。

「我這下應該能轉身了吧。」葛瑞果心想，然後繼續努力。他累到上氣不接下氣，時不時就必須休息一下。再說了，也沒有人催他，一切都由他自己作主。他一完成轉身的動作，馬上開始朝自己的房間直線前進。他很驚訝自己和房間的距離居然這麼遠，完全想不透自己剛才是怎麼不知不覺從這條路爬到妹妹身旁的。他一心專注在爬行上，幾乎沒注意到家人既沒有對他說任何話，也沒有對著他大叫。等到他準備爬進房門，這才稍微扭過僵硬的脖子回頭看看，他發現身後並沒有發生任何變化，只有妹妹從位置上站了起來。他最後將目光掃向母親，母親已經完全睡著了。

他才剛回到自己房間，馬上就有人迅速地把門關上、鎖緊，然後再找東西把門口擋起來。葛瑞果被背後突如其來的聲響嚇了一大跳，不小心腳軟。急著做完這一連串動作的人正是妹妹。她早就激動地站在原地等待，然後輕輕跳步向前，葛瑞果完全沒有聽見她靠近的聲音。她轉動門鎖的同時，還對父母喊了一聲：

「終於！」

「現在該怎麼辦？」葛瑞果思忖，然後看看黑暗的四周。他很快就發現自己已經完全動不了了。他一點也不驚訝，自己可以靠這些細細的小腳移動到現在，對他來說才真的是不可思議。再說，他覺得現在已經相對舒服多了。雖然全身都在痛，但是疼痛的感覺正在慢慢消失，最後應該會完全不見，他也幾乎感覺不到背上那顆爛掉的蘋果了，發炎的傷口也早就蓋了一層灰。他想到自己的家人，心中充滿愛與感動，他也認為自己必須消失，而且心意或許比妹妹更加堅決。他就這樣沉浸在這種虛無縹緲的沉思之中，直到屋外的鐘塔敲了早晨的第三次鐘。他看見窗外漸漸亮了起來，接著便不由自主地垂下頭，從鼻孔呼出最後一口微弱的氣息。

幫傭一大早就來了——雖然家人們已經請她不要這麼做，但她還是一來就開始起勁地到處開開關關，吵得全家人都沒辦法繼續睡覺——，像往常一樣，她總是會去看一下葛瑞果在做什麼，一開始她沒發現任何異狀。她心想，他一定是故意躺在地上裝死。她相信他其實什麼都聽得懂。因為手裡正好拿著長掃把，她試著從門外用掃把搔搔葛瑞果的身體，但他一點反應也沒有，一怒之下，她決定用掃把戳他一下。葛瑞果沒有任何反抗，直接被掃把推開了，她這才意識到事情有點不對。她很快就發現事情的真相，睜大眼睛，自顧自地吹了聲口哨，但是她沒有在原地逗留太久，而是猛地打開房門，大聲對著黑漆漆的房間裡喊道：「您瞧瞧，牠葛屁了，躺在地上徹底涼了！」

莎姆莎夫婦直挺挺地從主臥床上坐起，他們還在努力克服幫傭帶來的驚嚇，一時頭腦還反應不過來。但是莎姆莎先生和莎姆莎太太很快就各自下床，莎姆莎先生將毯子披在肩上，莎姆莎太太只穿著睡衣，兩人走進葛瑞果的房間。通往客廳的門這時也打開了，自從租客們搬來家裡後，葛瑞桃就睡在客廳裡。她全身穿得整整齊齊，看起來整晚沒睡，她蒼白的面容似乎也證明了這一點。「死了？」

莎姆莎太太抬頭看著幫傭問，雖然她也可以自己確認，甚至不需要確認就能看得出來。「我就是這個意思。」幫傭說，用掃把將葛瑞果的屍體推到旁邊，藉此證明她所言不虛。莎姆莎太太動了一下，似乎想阻止掃把碰到葛瑞果，但終究沒有這麼做。「好吧，」莎姆莎先生說：「我們一起來感謝神。」他在胸前畫了一個十字架，三個女人也跟著這麼做。葛瑞桃的目光始終沒有離開屍體，她說：「你們看他到底有多瘦。他已經很長一段時間沒有吃東西了，送進去的餐點每次都被原封不動地送回來。」葛瑞果確實又乾又扁，只不過大家到現在才發現，這是因為他的身體已經失去腳部的支撐，而且也沒有其他東西會分散視線了。

「來吧，葛瑞桃，來我們這裡待一下。」莎姆莎太太說，臉上帶著淒楚的微笑，葛瑞桃跟著父母回房間，又回頭多看了屍體幾眼。幫傭把門關上，把窗戶全部打開。雖然是清晨，但是新鮮的空氣中已經混雜了一點溫暖的氣息。已經三月底了。

三位租客從他們的房間裡走出來，驚訝地四處尋找早餐的蹤影。大家已經忘了他們的存在。「早餐在哪裡？」中間那位先生悶悶不樂地詢問幫傭，但是她伸出食指放在嘴巴上，什麼也沒說，匆匆示意他們到葛瑞果房間看看。他們來了，這時的房間已經變得通透明亮，他們圍著葛瑞果的屍體站成一圈，雙手叉在破舊大衣的口袋裡。

這時主臥房的門也開了，莎姆莎先生穿著他的工作制服，一手牽著他的妻子，一手牽著他的女兒。他們的眼睛都有些哭腫了，葛瑞桃時不時還把臉埋進父親的手臂。

「請各位立刻離開我的房子！」莎姆莎先生牽著她們，指著門口說。「您這是什麼意思？」中間那位先生有點錯愕，臉上帶著虛情假意的笑容。另外兩位把手放在背後不斷摩擦著，看起來不懷好意，就像在期待事情愈演愈烈，而且結果肯定對他們有利。「我已經說得很明白了。」莎姆莎先生回答，和同行的她們排成一列，朝著中間那位租客走去。租客先是靜靜站著，低頭看向地板，似乎正在頭腦裡重新整理目前的局面。「那我們就走吧。」他抬起頭對莎姆莎先生說，彷彿突然變得謙卑，還要請求對方允許他做出這個決定。莎姆莎先生什麼話也沒說，只是瞪大雙眼對他點了點頭，於是這位先生馬上大步向玄關走去；他的兩位朋友原本就已經停止手部的動作，靜靜等待他的指示，這時也快步跟著離開，彷彿害怕莎姆莎先生會比他們早抵達玄關，阻斷他們和首領之間的連結。他們三個從玄關的掛衣勾取下自己的帽子，在手杖筒中拿出自己的手杖，默默鞠了個躬，然後離開了這個家。明顯出於一種莫名的不信任，莎姆莎先生和兩個女人一起走到樓梯口，靠在扶手上，看著三位先生慢慢走下長長的樓梯，反覆消失在每一層樓的轉角處，過沒多久又再次出現。他們愈往下走，莎姆莎一家人就愈對他們失去興趣，這時有位肉舖店員正要上樓，頭上頂著要送的貨，用一種充滿自豪的姿勢朝他們走來，隨後和他們擦身而過繼續上樓，所有人都鬆了一口氣。莎姆莎先生帶著她們離開扶手，轉身回到房裡。

他們決定今天要好好休息，再去散個步，這不只是他們應得的，而且他們無論如何都需要休息一下。於是他們坐到桌邊，寫了三封請假信：莎姆莎先生寫給經理，莎姆莎太太寫給委託人，葛瑞桃寫給店長。他們寫信的時候，幫傭走進來說她已經把早上的工作做完了，正準備走人。他們三個只是點點頭，繼續寫，沒有多加理會，不過幫傭遲遲沒有離開的意思，他們這才生氣地抬起頭。「所以？」莎姆莎先生問。幫傭面帶微笑地站在門口，似乎有什麼天大的好消息要告訴這家人，只是要等他們自己先問才打算開口。她帽子上的鴕鳥羽毛輕輕地晃來晃去，莎姆莎先生每次看到都會生氣。「所以您究竟想要什麼？」莎姆莎太太問，她也是幫傭最尊敬的人。「嗯，」幫傭回答，然後開懷大笑，笑到沒辦法接著往下說。「我想說的是，您不用煩惱該怎麼把隔壁那東西移走，已經處理好了。」莎姆莎太太和葛瑞桃低頭看著自己的信，似乎想接著把信寫完；莎姆莎先生發現幫傭正打算開始描述細節，果斷地伸出手阻止她繼續說下去。不能繼續說下去的幫傭顯然覺得受到羞辱，想起自己正在趕時間，便大聲地說了聲「大家再見」，然後飛快轉身，砰地一聲甩門離開公寓。

「我晚上就會叫她不用再來了。」莎姆莎先生說，但是太太和女兒都沒理會他，因為她們好不容易平靜下來的心情似乎又被幫傭打亂了。她們起身走向窗戶，在那裡緊緊相擁。莎姆莎先生坐在沙發上，轉身靜靜看了她們一會兒，然後喊道：「你們過來吧，這件事已經過去了，至少也顧及一下我的感受吧。」兩人立刻遵照他的指令，飛快地向他跑來，安撫他，接著各自把信寫完。

然後，他們三個人一起出門，他們已經好幾個月沒這麼做了。他們搭電車出了城，這節車廂只有他們三個人，車廂內洋溢著溫暖的陽光。他們舒服地靠在椅背上談論未來，仔細想想，這才發現未來的展望其實很不錯，因為他們三個人都有工作，只是彼此從來不曾過問而已，而且他們的工作條件極其有利，未來必定大有可為。眼下最容易改善現狀的方法當然是搬家，他們想搬到一間比較小、比較便宜，但是位置更好、也更方便的房子，現在這間房子是葛瑞果找的。在他們談天的同時，莎姆莎夫婦發現女兒變得愈來愈有活力，他們幾乎同時想到了一件事情，雖然這段時間以來受盡各種折磨，臉頰看起來沒有半點氣色，但是她也長成美麗又豐滿的女孩了。他們漸漸沉默下來，下意識地交換眼神，心想，是時候為她找個好人家了。當電車到達目的地，女兒率先站了起來，伸展她年輕的身體，在他們眼裡，這就是新夢想與未來充滿希望的證明。

在流放地

In der Strafkolonie

本篇寫於1914年10月，1919年出版單行本。

「這是一台很特別的機器。」軍官對前來考察的研究人員說，並用某種讚嘆的眼神看著這架他十分熟悉的機器。研究人員看起來只是出於禮貌，才會接受司令的邀請，前來出席一名士兵的處決現場，這名士兵因為不服從並侮辱上級而遭到判刑。就算是在流放地，也沒什麼人對這場處決有興趣。四周都是光禿禿的懸崖峭壁，在這個砂質山谷的深處，除了軍官和考察人員以外，就只有被判處死刑的犯人和一名士兵在場。犯人看起來笨頭笨腦，嘴巴很大，蓬頭垢面，士兵則拿著一條沉重的鎖鏈，上面有幾條小鎖鏈分別扣住犯人的腳踝、手腕和脖子，還有幾條用來將這些小鎖鏈串聯在一起。順帶一提，這名犯人看起來就像狗一樣順從，彷彿可以讓他在峭壁上自由奔走，等到要執行死刑的時候，再吹口哨把他叫回來就好。

考察人員沒有把這台機器放在心上，自顧自地在犯人身後走來走去，幾乎看不見人影，軍官則在進行最後的準備工作，一下鑽到這台深深固定在地面的機器底下，一下爬上樓梯去調整上面的零件。這些工作原本可以交給專業的機械工程人員，但是軍官做得不亦樂乎，可能是因為他對這台機器特別著迷，也可能是因為有其他方面的考量，所以沒辦法把這件事委託給別人去做。「一切準備就緒！」最後他大喊一聲，然後爬下梯子。他已經累到筋疲力盡，張開嘴巴大口呼吸，在軍服領子後面塞了兩條精緻的女用手帕。「對熱帶地區來說，這些軍服也太厚了吧。」考察人員說，沒有像軍官預期的那樣對機器發出詢問。「沒錯，」軍官說，然後在事先準備好的水桶裡把沾滿油污的雙手洗乾淨，「但是軍服代表故鄉，我們不想失去故鄉。——不過倒是請您看一下這台機器。」他馬上補了一句，拿條毛巾把手擦乾，同時指著那台機器。「到目前為止還需要手動操作，但是從現在開始，這台機器就可以自動運作了。」考察人員點點頭，跟在軍官後面走。軍官試著為自己留一條後路，以免出現任何可能的突發狀況，於是他說：「當然還是會出現故障的情況；雖然我希望不要是今天，不過也沒辦法排除這種可能。畢竟這台機器要連續運轉十二個小時。不過就算發生故障，也只會是一些小毛病，立刻就能加以排除。」

「您不坐一下嗎？」最後他問，從一堆藤椅當中拉了一把過來給考察人員；考察人員沒法拒絕。他坐在坑的邊緣，朝坑裡匆匆看了一眼。這個坑並不深，其中一側用挖出來的土堆成一道牆，另一側則放著那台機器。「我不曉得，」軍官說，「司令是否向您解說過這台機器了？」考察人員做了一個不置可否的手勢；這給了軍官一個絕佳的機會，這下他就可以親自說明這台機器的用途了。「這台機器，」他抓著一支曲柄搖桿，把整個人的重量都撐在上面，「是我們前任司令的發明。打從一開始，我就協助他進行各種嘗試，也參與了整個製造過程，直到這整台機器完工為止。但是這項發明必須全部歸功於他。您聽說過我們前任司令的事蹟嗎？沒有？好吧，就算我說，這整個流放地都是他的傑作，其實也不為過。身為他的朋友，我們知道這個流放地本身有多完備，所以當我們一得知他的死訊，就知道他的繼任者至少會有好幾年的時間沒辦法進行任何更動，縱使他頭腦裡裝著成千上萬個新計畫也一樣。我們的預言也應驗了；新來的司令不得不接受這個事實。您不認識我們之前的司令實在是太可惜了！——但是，」軍官說到一半停了下來，「我太多話了，他的機器就擺在我們面前。如您所見，整台機器由三部分組成。隨著時間的演進，每個部分都有了一個約定成俗的叫法，最下面的部分叫作床，最上面的部分叫作繪圖器，中間懸浮的部分則叫作耙子。」「耙子？」考察人員問。他沒有很專心聽，陽光全部集中在這個全無遮蔽的山谷裡，強烈到讓人難以集中思緒。他覺得軍官更加讓人欽佩了，穿著閱兵標準的緊貼軍服，肩上掛著沉重的肩章，身上還披著各式各樣的綬帶，如此勤奮地進行解說。除此之外，他一邊說話還一邊拿著螺絲起子，四處調整螺絲。那名士兵的身心狀況似乎和考察人員差不多，他把犯人的鎖鏈綑在自己的手腕上，一隻手撐著槍，低著頭，對一切都覺得事不關己。考察人員並不驚訝，因為軍官說的是法語，士兵和犯人顯然都聽不懂。不過犯人還是很努力想要聽懂軍官的解說，這點讓人更加在意。雖然他看起來半夢半醒，但無論軍官的手指到哪裡，他都會鍥而不捨地把目光朝那裡望去，當考察人員用問題打斷軍官的發言，他也和軍官一樣看向考察人員。

「是的，耙子。」軍官說，「這個名字非常貼切。上面的釘子就像耙子一樣，使用方式也和耙子大同小異，只不過固定在同一個位置，而且更具有藝術性。順帶一提，您很快就會明白我在說什麼了，犯人等一下就會被安放到這張床上。——在那之前，我想先對機器做個整體描述，然後再實際把過程走一遍，這樣您能更容易進入狀況。而且繪圖器裡面有個齒輪磨損得太嚴重了；運作時會發出尖銳刺耳的噪音，讓人幾乎聽不見彼此在說什麼。不幸的是，這裡很難弄到替換零件。——所以就像我說的，這個部分就是床，上面鋪了一層棉花。等等您就會知道它的功用了。我們會讓犯人趴在上面，當然全身都會脫個精光；這幾條是用來固定犯人的皮帶，這是用來綁手的，這是用來綁腳的，這是用來綁脖子的。就像我剛才所說，犯人會先趴在床頭的位置，這裡有個氈毛做的小塞子，很容易調整，用來塞在他的嘴巴裡，這麼做的目的是為了阻止他發出慘叫，同時也防止他咬斷舌頭。他當然得把這個塞子含住，不然他的脖子就會被皮帶勒斷。」「這是棉花嗎？」考察人員問，同時俯身察看。「是的，沒錯。」軍官微笑著說，「您可以自己摸摸看。」他抓著考察人員的手滑過床面。「這是一種特別預備的棉花，所以看起來不像普通棉花，我等一下會再講解棉花的功用。」這台機器已經開始引起考察人員的興趣了，他把手遮在眼睛上方擋住陽光，沿著整台機器往上看。這是一台巨大的機器，床和繪圖器的大小一致，看起來就像兩個深色的箱子。繪圖器安裝在床上方大約兩公尺，四根銅管分別在各個角把兩個組件固定在一起，在陽光下閃閃發亮，另有一根鋼條將耙子懸掛在這兩個箱子之間。

軍官幾乎沒有察覺考察人員剛才聽得事不關己，但是他顯然注意到對方開始感興趣了；所以他中斷自己的解說，讓考察人員可以不受干擾地慢慢看個仔細。犯人也模仿考察人員的動作；因為他沒辦法用手遮在眼睛上方，所以他瞇起眼睛，直接用肉眼往上看。

「所以說，人現在會趴在這裡。」考察人員說，靠著椅背，蹺起二郎腿。

「是的。」軍官說，把帽子往後推了一些，用手撫過發燙的臉，「您聽好了！無論是床還是繪圖器，都有自己專屬的電池；床的電池是給床自己用的，繪圖器的電池則會供應給耙子。一旦我們把這個男人綁好，床就會開始運作，上下左右進行高速震動。您在醫療機構一定看過類似的機器；只是我們這張床的所有動作都經過精密計算，因為它必須絲毫不差地配合耙子的動作。這支耙子才是真正用來執行判決的部分。」

「判決是什麼？」考察人員問。「您連這個也不知道嗎？」軍官大吃一驚，咬著嘴唇說：「如果我的解說跳來跳去的話，請您原諒我；真的非常抱歉。以前通常都是由司令親自進行解說，但是新來的司令不再負責這項光榮的義務了，然而他居然沒有向您這位尊爵不凡的客人，」——考察人員連忙搖手表示不敢當，但是軍官堅持使用這個詞彙——「沒有向您這位尊爵不凡的客人說明我們判決的形式，這倒是件新鮮事，這——」他的咒罵剛到嘴邊又忍了回去，他只說：「沒有人告訴我這件事，錯不在我。不過倒是要順帶一提，這裡最能夠講解判決形式的人就是我，因為我這裡帶著，」——他拍拍胸前的口袋——，「前任司令的草圖手稿。」

「前任司令自己畫的草圖？」考察人員問：「難道他是萬能的嗎？他既是士兵，又是法官，還身兼設計師、化學家、繪圖師？」

「是的，」軍官點點頭，凝視的目光若有所思。他檢查自己的雙手；覺得自己的手不夠乾淨，不能觸摸手稿；於是又走到水桶旁邊，把手洗過一遍。接著他拿出一個皮革製的小資料夾，說道：「我們的判決聽起來並不嚴厲。耙子會把犯人觸犯的誡條寫在他身上。以這位犯人為例，」——軍官指著眼前的男人——，「耙子會在他的身上寫：尊敬你的上級長官！」

考察人員匆匆瞥了男人一眼；軍官剛才用手指著他的時候，他一直低著頭，似乎竭盡全力想聽出個所以然來。但是他緊閉到鼓起來的雙唇不停蠕動，明顯表示他什麼都沒聽懂。考察人員有很多事想問，但是他看著這個男人，只問了一個問題：「他知道自己的判決嗎？」「不知道。」軍官說，然後想要繼續解說下去，但是考察人員打斷他的話：「他不知道自己的判決？」「他不知道。」軍官又說了一遍，然後停頓幾秒，似乎希望考察人員說明提出這個問題的理由，接著又說：「告訴他也沒什麼用，畢竟寫在他身上之後，他就知道了。」考察人員本來想把話說到這裡就好，但是他突然感覺到犯人的目光正對著自己，似乎想問他是否認同剛才描述的事情。所以，本來已經靠回椅背上的他又坐了起來，繼續問道：「但是他應該知道自己被判刑吧？」「也不知道。」軍官說，然後對考察人員報以微笑，彷彿期待從他口中聽到更多千奇百怪的疑問。「不知道，」考察人員用手揉揉額頭，「也就是說，這個男人到現在都還不知道自己的辯護有沒有效？」「他沒有辯護的機會。」軍官邊說邊看向一旁，彷彿在自言自語，像是覺得這件事情理所當然，但是又不想讓對方聽到他這樣說而覺得丟臉。「但是他一定有辯護的機會才對。」考察人員說完從椅子站了起來。

軍官發現自己可能會花太久時間講解這台機器，於是走向考察人員，搭著他的肩膀，用手指著犯人。犯人發現大家的注意力明顯都集中在自己身上，於是整個人站得挺直——士兵也連忙把鎖鏈撐緊——，軍官說：「事情是這樣的。雖然我還很年輕，但是我在流放地這裡擔任的就是法官的職務，我以前協助前任司令處理所有刑事案件，同時也是最瞭解這台機器的人。我的審判原則是：有罪就是有罪，無庸置疑。其他法院很難遵循這個原則，因為他們都是合議庭審判，而且他們上面還有更高層級的法院。這裡不一樣，或是說，至少在前任司令主事的時候不是這樣。不過新來的司令已經開始想要插手我的法院了，只是到目前為止，我都成功阻止了他的干涉，未來也必定如此。——您想要這個案子的解釋；其實這個案子就像其他案件一樣簡單。有位上尉今天早上來告發了這個男人，這個男人是他的侍從，平常就睡在他的門口，今天卻因為睡過頭而沒有執行勤務。這個男人每小時都必須起床對著上尉的門口敬禮。這當然不是什麼多難的任務，而且也是必要的，因為他要保持清醒才能擔任守衛，並且執行長官交辦的任務。昨天半夜，上尉想要檢查他有沒有好好執行勤務，選在兩點的時候打開房門，卻發現他整個人睡成一團。上尉拿來馬鞭，直接抽在他的臉上，但是這個男人非但沒有起床，也沒有道歉，反而抓住長官的腿用力搖晃，大吼：『快把鞭子丟掉，不然我就吃了你。』——這就是整件事情的來龍去脈。上尉一個小時前來找我，我把他的告發內容寫了下來，接著很快做出判決，然後我就讓人把這個男人銬上鎖鏈。一切都很簡單。如果我先把這個男人找來問話，只會讓事情變得混亂，他會說謊，如果我拆穿他的謊言，他又會再說新的謊來圓，然後沒完沒了。現在我抓了他，就不會再把他放走了。——這樣解釋清楚嗎？但是時間有限，應該要開始處決了，而我還沒有解說完這台機器。」他硬是要考察人員在椅子上坐下，然後重新走到機器旁開始解說：「如您所見，機器的耙子非常符合人體的形狀；這根耙子針對的是上半身，這些耙子則是給兩隻腿用的。頭的部分只會用到這把小小的雕刻刀。這樣您明白了嗎？」他友善地向考察人員彎下身子，隨時樂意提供最詳盡的解說。

考察人員對著耙子皺起眉頭，關於審判過程的說法讓他很不滿意。但他還是告訴自己，這裡是流放地，特殊措施是必要的，一切都必須採用軍隊的做法。不過他對新來的司令還抱有一些希望，雖然緩慢，但是新來的司令顯然想要引進新的做法，只是眼前這位軍官的思想太過狹隘，所以才無法理解。順著這個想法，考察人員接著問：「處決的時候司令會在場嗎？」「不一定。」軍官說，這個直白的問題顯然讓他感到尷尬，原本友善的神情開始扭曲：「正因如此，我們才要加快腳步，而且也要向您說聲抱歉，接下來我不得不縮短我的講解內容。但是等明天我們把機器清潔一輪過後——這台機器用完會變得很髒，這是它唯一的缺點——我還是可以再向您詳細說明一次。所以我現在只講最必要的部分——只要這個男人趴到機器上，機器就會開始震動，然後耙子會降到他身上。耙子會自動調整，只有針頭部分會接觸他的身體；調整完之後，這條鋼繩就會立刻繃成一根棒子，然後遊戲就開始了。外行人從外表看不出各種刑罰之間有何差別，耙子的運作看起來都一樣。它會一邊震動一邊刺進身體，而且身體也會跟著床一起震動。為了讓每個人都能查驗判決的執行狀況，耙子的部分是玻璃做的。雖然這在技術上會造成耙針難以固定，但是嘗試幾次後終於還是克服了這個問題，畢竟我們從來就不畏懼任何困難。現在每個人都可以透過玻璃看見耙子在犯人身上刺字的過程。您要不要過來看一下這些針長什麼模樣？」

考察人員慢慢起身走向前去，彎下身子仔細端詳耙子的細節。「您看，」軍官說：「耙子上有兩種長短不同的針交互排列，每根長針旁邊都有一根短針，長的用來刺字，短的則會噴水，用來把血沖掉，這樣刺出來的字才會清楚。血水會先流到下面的溝槽，然後集中到這條主要的渠道，最後再透過排水管排進那個坑裡。」軍官用手指沿著血水流過的路線仔細比劃，為了盡可能逼真呈現，他還在排水孔旁邊用雙手做出盛水的動作。這時考察人員抬起頭，一隻手探向背後，想要坐回椅子上，但是他驚恐地看到犯人也和他一樣，順著軍官的邀請，上前近距離觀看耙子的設備。犯人同樣彎下身子，仔細觀察玻璃做的耙子，而且因為身上拖著鎖鏈，還把正在打瞌睡的士兵向前拉了一點。旁人可以看到他帶著不確定的眼神，不斷尋找兩位先生剛才到底在觀察什麼，但是因為他聽不懂解說，所以怎麼找都找不到。他一下在這裡彎身查看，一下在那裡彎身查看，目光始終在玻璃上轉來轉去。考察人員想把他趕回去，不然他很可能會因為這種行為而受罰，但是軍官一手攔住考察人員，一手從牆上抓了一把泥土，往士兵的方向丟過去。士兵嚇了一跳，抬頭竟看見犯人如此膽大妄為，於是趕緊丟下手上的槍，鞋跟往地面大力一踩，硬生生把犯人向後扯，讓他立刻摔在地上。士兵看著地上的他扭來扭去，全身上下的鎖鏈鏗鏘作響。「拉他起來！」軍官大喊，因為他發現考察人員的注意力完全集中在犯人身上了。考察人員甚至對耙子毫不關心，直接把頭探過去，只想確定犯人出了什麼事。「好好對待他！」軍官再次喊道。他繞過機器，親自架住犯人的腋下，與士兵一起合力把站不太穩的犯人拉起來。

「我全都瞭解了。」考察人員對剛走回來的軍官說。「還剩下最重要的一點，」軍官說，然後抓著考察人員的手臂指著上方說：「繪圖器裡面裝著用來移動耙子的齒輪，這組齒輪會按照判決的圖樣進行調整。我用的是前任司令留下來的圖樣，在這裡。」——他從資料夾裡拿出一疊紙——。「可惜我不能讓您拿在手中，這些圖樣是我最珍貴的寶物。請您先坐下，我從這個距離展示給您，這樣您就能看得很清楚了。」他展示第一張圖。考察人員本來想要說些肯定的話，但是他只看到亂七八糟、有如迷宮的線條，而且整張紙畫得滿滿的，連要找一塊空白的地方都很困難。「您讀一下。」軍官說。「我沒辦法。」考察人員說。「但是這裡寫得很清楚，」軍官說。「非常具有藝術性，」考察人員委婉地說，「但是我沒辦法解讀。」「沒錯。」軍官大笑，然後把資料夾收起來，「這不是學校裡的小朋友寫出來的工整字跡，必須花時間才能看懂，您到最後肯定也能看得出個所以然來。這當然不是什麼簡單的文字，畢竟它也沒有要立刻致人於死地，而是把整個處決過程平均分攤成十二個小時，預計六個小時之後到達轉折點。所以，真正的文字周圍會畫上很多很多裝飾。真正的文字會像細腰帶一樣在身體上圍成一圈，而其他部位則都是用來裝飾用的。您現在有辦法欣賞這支耙子和整台機器的工作了嗎？——您看！」他跳上梯子，轉動其中一個齒輪，朝下方大喊：「注意！請稍微讓一讓！」然後整台機器開始動了起來。假如齒輪不要一直發出刺耳的聲音，整個畫面確實會非常壯觀。軍官似乎沒有料想到齒輪會出狀況，於是對齒輪做了一個揮拳的威脅動作，接著朝考察人員雙手一攤，表示歉意，又快速爬下梯子，從下方觀察整台機器的運作。只有他看得出來哪裡還有問題。他又爬了上去，把手伸進繪圖器內部進行調整，為了快點回到地面，他沒有用梯子，而是順著一根桿子滑下來，然後在機器發出的噪音中使勁對著考察人員的耳朵大喊：「您瞭解整個運作過程嗎？耙子現在會開始寫字。耙子在那個男人背上完成第一層的文字打底之後，鋪棉花的那一層會開始滾動，把他的身體慢慢翻到側邊，好讓耙子有空間繼續寫字。同時，剛刺完字的受傷部位會壓在棉花上，經過特殊處理的棉花有很好的止血功能，這樣就能為再次上色做好準備。耙子周圍的鋸齒會在翻身過程中把棉花從傷口刮下來、甩進坑裡，然後耙子又會繼續運作，在接下來的十二個小時裡把字愈描愈深。除了疼痛，犯人在前六個小時幾乎感受不到任何異樣。兩小時之後，我們就會先把氈毛塞子拿下來，因為這時候他已經沒有力氣叫了。我們會在床頭的電熱碗裡盛滿熱粥，如果他想要的話，可以用舌頭舔來吃。沒有人會放棄這個機會，就我所知沒有，而且我也算是經驗豐富了。直到第六個小時左右，他才會開始食不下嚥，我通常會跪在地上近距離觀察這個現象。犯人很少會把最後一口粥吞下去，而是會含在嘴巴裡轉來轉去，然後再吐進坑裡。如果我不低頭閃躲的話，東西就會吐在我臉上。到了第六個小時左右，男人其實已經一動也不能動了！就算是最愚昧的人，這個時候也會大徹大悟。首先從眼睛開始，然後再從這裡擴散開來，這幅景象會讓人也很想一起躺到耙子下面。接下來就不會有新的變化了，男人會開始解讀文字，噘起嘴巴，似乎想要聽出文字的意思。您剛剛也看見了，要用眼睛解讀文字並不容易，但是我們的人會用他的傷口來解讀。只不過這是一件繁重的工作，他需要整整六個小時才能完成。到了那個時候，耙子就會完全刺穿他的身體，把他丟進坑裡，啪嗒一聲掉到血水和棉花堆中。審判到這裡就結束了，而我們，我和士兵，就會把他埋起來。」

考察人員把耳朵靠向軍官，雙手插在大衣口袋，看著機器的運作。犯人同樣也在觀察機器，但是有看沒有懂。他稍微彎下身子，盯著搖晃的針一直看，這時軍官打了一個手勢，士兵便拿起刀子從後面割開犯人的襯衫和褲子，讓衣服從他身上滑下來；犯人還想伸手抓住幾片衣服，擋住自己的重要部位，但是士兵把他整個人舉起來，抖掉他身上最後幾塊破布。軍官關掉機器，現場鴉雀無聲，他們將犯人帶到耙子下方，解開鎖鏈，改用皮帶將他綁在機器上。犯人起初看似鬆了一口氣。因為犯人很瘦，所以耙子又向下移動了一點，當針頭接觸到他的那一刻，他全身打了個冷顫。士兵正忙著把他的右手綁好，他則漫無目的地伸出左手，正好朝著考察人員所在的方向。軍官不停地從側面觀察考察人員，他剛才已經大略講解過整個過程了，現在似乎想從對方的臉部表情觀察這樣的處決方式會給對方留下什麼印象。

用來綁住手腕的皮帶斷了，大概是因為士兵剛才綁得太緊。士兵把斷掉的皮帶拿給軍官看，希望軍官一起過去幫忙。軍官走了過去，同時轉頭對考察人員說：「這台機器是由許多零件組合而成的，時不時就會有哪裡斷掉、或是哪裡裂掉；但是這不會影響整個判決的過程。再說，還有很多替換零件可以立刻拿來取代。我會拿一條鎖鏈來綁住他的右手；不過在抗震方面可能就會大打折扣。」他一邊綁鎖鏈一邊說：「保養這台機器的經費有限。前任司令還在的時候，我可以自由支用一筆款項來為機器做保養，而且當時還有個儲藏室，所有可能派上用場的零件都收在裡面。現在這個司令說我有點太浪費了，我承認，但我指的是當時，而不是現在；他把一切都當成對抗舊制度的藉口。那筆機器專用款現在由他親自管理，如果我要申請一條新的皮帶，他就會要求我出示斷掉的皮帶作為證明，而且新皮帶要十天後才會送到，品質還不會有舊的好，派不上什麼用場。沒有人在乎我在新皮帶送來之前要怎麼操作這台機器。」

考察人員暗自思忖道：出手干預他國事務，總是會有風險的。他既不是流放地這裡的居民，也不是流放地所屬國家的公民。如果他想對這種處決方式提出批判，甚至加以阻撓，人們很可能會對他說：你這個外國人，沒你的事就乖乖閉嘴。他可能也沒辦法反駁什麼，只能補上一句，他也不曉得自己在做什麼，因為他只是來考察的，無意改變他人的司法體系。只是眼前的事情實在很難讓人不出手。無論是不公正的審判程序，還是不人道的處決方式，都明擺在眼前無庸置疑。沒有人會認為考察人員是出於某種私心，因為他既不認識犯人，也不是他的同胞，而且犯人本身也完全不值得同情。考察人員持有高層的推薦信，在這裡也受到隆重的接待，他之所以會受邀前來參加處決過程，似乎有要他針對這場審判提出看法的意思。這很有可能，尤其是他聽到現在，非常清楚這位司令並不支持這種做法，而且和軍官簡直水火不容。

這時，考察人員聽見軍官大聲咆哮。他才剛費了一番工夫把氈毛塞子塞進犯人嘴裡，結果犯人感到一陣噁心，眼睛一閉，把胃裡的東西全都吐了出來。軍官快速把塞在犯人嘴裡的塞子拔起來，想把他的頭往坑的方向轉；但是已經太遲了，嘔吐物已經沿著機器流下來。「全都是司令的錯！」軍官大叫，無意識地晃著眼前的銅管，「把我的機器弄得跟豬圈一樣髒。」他用發抖的雙手指著眼前發生的事情，對考察人員說，「我不是才花了好幾個小時，試著讓司令明白，處決前一天不能給犯人吃東西嗎？但是新的寬容政策有不同的想法。犯人被押來刑場之前，司令的夫人們會用甜點塞滿他的喉嚨。他一輩子吃的都是臭掉的魚，結果現在居然有甜點可以吃！不過這還算是合理的範圍，我不會對此提出任何異議，但是為什麼他們還不添購新的氈毛，我在三個月前就提出申請了。已經有上百個男人在死前含著、咬著這塊氈毛了，誰還有辦法把這塊氈毛放進嘴裡，然後不覺得噁心？」

犯人低下頭，看起來非常平靜，士兵忙著用犯人的襯衫把機器擦乾淨。軍官走向考察人員，考察人員若有所思地後退一步，但是軍官抓住他的手，把他帶到一旁：「我想私底下跟您說幾句話，」他說：「可以嗎？」「當然。」考察人員回答，然後垂下目光聽他說。

「您現在有幸看到的這套程序和處決方式，在我們流放地這裡已經沒有公開的支持者了。我是唯一的代表，也是前任司令遺產的唯一繼承人。我已經沒有心力去思考該怎麼擴充這台機器了，光是要維持原樣，就已經耗盡我的全力。前任司令還在世的時候，整個流放地都是他的支持者；我有一點前任司令的說服功力，但是我缺乏像他一樣的權力，所以支持者全都隱藏起來了，現在還是有許多人支持我們的做法，只是沒有人會承認。就算今天是行刑的日子，如果您去茶館喝茶，大概也只會聽到一些模稜兩可的言論。這些人都是十足的支持者，但是在現在這位司令的管轄之下，考量到他當前的看法，這些人完全幫不上我的忙。我這就要問您了：難道應該為了這位司令和影響他的那群女人的緣故，讓這樣一台畢生之作，」——他指著那台機器——「就此沉淪嗎？可以眼睜睜看著這種事發生嗎？就算是只會在我們這個島上待幾天的外國人，也不該對這件事情不聞不問吧？已經沒有時間了，他們正在準備反對我的審判權；司令部那裡已經開過幾次會，但是沒有人請教過我的意見。您今天來到這裡考察，我認為這就已經說明整個情況了；他們沒有膽，所以把身為外國人的您派出來。——真是今非昔比！如果是在以前，行刑前一天，整個山谷早就擠滿了人，所有人都是單純來看戲的。隔天一大早，司令就會帶著他的夫人們出現。號角聲響徹會場，我會報告司令，一切都準備就緒。在場的所有人——高官們全都不准缺席——圍著這台機器，這堆不起眼的藤椅就是那個時代遺留下來的證明。整台機器擦得閃閃發亮，幾乎每次處決我都有新零件可以用。在數百雙眼睛的注視之下——人潮一路蔓延到山坡那裡，所有觀眾都踮起腳尖——，司令親自將犯人放到耙子底下。士兵現在做的事情，以前是我身為審判長的工作，也讓我感到非常光榮。接著處決就開始了！

沒有異常的噪音會干擾機器的運作。有些人甚至連看都不看，索性閉起眼睛躺在沙裡。所有人都知道：正義就此實現了。在一片鴉雀無聲中，只聽得見犯人的呻吟，而且有氈毛塞著，也不至於太大聲。如今，機器已經沒辦法讓犯人叫到連氈毛都塞不住了，以前的刺針還會分泌具有腐蝕性的液體，現在也被禁止使用了。總之，到了第六個鐘頭！每個人都想靠過來近距離觀察，但是我們不可能滿足每個人的請求，司令特別明示，應該要優先考量小孩的需求；藉由我的職務之便，我每次都能站在旁邊；所以我常會蹲在那裡，左右手各抱著一個小孩。我們所有人都從那張受盡折磨的臉上看到了昇華，我們每個人都用自己的臉頰迎向這個終於實現、卻又即將消逝的正義光輝！多美好的年代！我的同志啊！」軍官顯然忘了站在自己面前的是誰。他抱住考察人員，把頭靠在對方的肩膀上。考察人員非常尷尬，眼神不耐煩地看向別處。士兵已經完成清潔工作了，正忙著把鐵罐裡的熱粥倒進碗中。犯人才剛發現碗裡的粥，馬上就想伸舌頭去舔，看起來已經完全復原了。士兵一直把他推開，因為再晚一點才是吃粥的時候，但是士兵在餓瘋的犯人面前用髒兮兮的雙手把粥撈來吃，無論如何也很不恰當。

軍官很快就克制住自己的情緒。「我並沒有想說服您什麼，」他說：「我知道如今已經不可能再讓人理解那個年代的做法了。再說，這台機器現在還在運作，仍然獨自發揮著自己的功能。就算孤零零地留在山谷裡，它還是會做好自己的工作。即便已經不再像過去一樣，每次都有數百人像蒼蠅般聚集在坑的周圍，最後總還是會有屍體以一種不可思議的輕柔方式飄進坑裡。我們當時還得在坑的周圍加裝一道堅固的欄杆，但那早就被拆掉了。」

考察人員不想和軍官面對面，只能漫無目的地四處張望。軍官還以為他在觀察荒涼的山谷地形，於是抓著他的手，在他的身旁打轉，看著他的眼睛問：「您發現這件事有多麼不堪了嗎？」

但是考察人員什麼話也沒說。軍官暫時不去吵他，雙手叉腰，張著雙腳靜靜站在原地，垂著頭看向地面。然後他給了考察人員一個鼓勵的微笑，接著說：「昨天司令邀請您的時候，我人就在您附近。我聽見他向您提出邀請。我很清楚司令的為人，我立刻就明白他邀請您的目的是什麼。雖然他的權力大到可以對我採取一些行動，但是他還不敢這麼做，他大概想要透過您這位有頭有臉的外國人來批判我。他的如意算盤打得很好，您才剛到島上第二天，不認識前任司令和他的思維，而且還深受歐洲觀點的影響，也許您對死刑抱持堅決反對的立場，也反對像我們這樣使用機器進行處決。除此之外，您也看到了，處決過程不會有大眾的參與，非常淒涼，只有這台已經嚴重損壞的機器獨自運作——綜合以上種種因素（司令也是這麼想的），您不就很容易會認為我的這套程序是不對的嗎？如果您覺得我這樣做是不對的，您一定不會悶不吭聲（我講的仍是司令的想法），因為您肯定對自己長久以來的信念深信不疑。不過，您曾經見識過許多民族的獨特性，學過要尊重各個民族自己的做法，所以，就算您在自己家鄉絕對會跳出來大聲疾呼，您大概也不會全力反對我們這套程序。但是，司令根本不需要您提出什麼看法，只要您不小心脫口說出什麼字眼，看似吻合他的期望，這樣就夠了，完全不需要合乎您的信念。我很確定，他一定會用盡心機問出他想知道的資訊。他家的女士們也會坐成一圈，豎起耳朵專心聽。您大概會說『我們那裡有不一樣的司法程序』，或是『我們那裡都會在審判前先訊問被告』，或是『除了死刑，我們那裡還有其他刑罰』，或是『我們那裡只有中世紀才會拷問犯人』。這些說法都是對的，您一定也覺得理所當然，而且這些都是無關痛癢的訊息，完全沒有觸及我的這套程序。但是聽在司令的耳裡，他會怎麼想？我彷彿可以看見這位善良的司令立刻把椅子推向一旁，連忙跑到陽台上，我能看見他家的女士全都跟在他的身後，我能聽見他的聲音——他家的女士們都說他的聲音如雷貫耳——，就是這樣，然後他會說：『有位偉大的西方研究員來到我們這裡，他的任務就是檢驗全世界的司法程序，他剛才說，我們按照傳統做法制定的這套程序很不人道。根據這位專業人士的判斷，我當然沒辦法再繼續容忍這套程序的存在。從今天開始，我下令——諸如此類。』您會想站出來打斷他，您沒有說過他宣布的那些話，您也沒有說我的程序很不人道，恰好相反，根據您深入的見解，您反而認為這是最人道的程序，也最能維護人性的尊嚴，而且您也對整套結構讚不絕口——但是一切都太晚了。您沒辦法站上陽台，因為上面已經擠滿了司令家的女士們。您想讓人注意到自己，您想大叫，但是有位女士出手摀住您的嘴巴——然後我和前任司令的傑作就完蛋了。」

考察人員必須忍住自己的笑意。原本他還覺得自己的任務困難重重，沒想到居然這麼簡單。他避重就輕地說：「您把我的影響力看得太重了，司令讀過別人寫給我的推薦信，他知道我不是司法程序的專家。如果要我表達意見，我大概也只能提出私人的看法，不會比隨便一個路人來得重要，而且怎麼樣都比不上司令本人的看法，就我所知，他在流放地這裡的權力非常大。如果事情正如您想的那樣，他對這套程序已經有既定的看法，那麼這套程序恐怕已經走到尾聲了，不需要我再多做一點什麼。」

軍官聽明白了嗎？沒有，他還是沒有聽懂。他激動地搖搖頭，回頭看了一眼犯人和士兵，他們嚇一大跳，連忙放下手中的食物。軍官走到考察人員身旁，沒有直接對著他的臉，而是看著他大衣上的某個地方，比之前更小聲地說：「您不曉得司令的為人。無論是對他還是對我們所有人而言，您的立場——請原諒我這麼說——在某種程度上都無傷大雅。請您相信我，您的影響力真的超乎想像。當我聽說您會獨自出席處決現場的時候，我真的很高興。司令這個安排原本是要叫我難堪，但是我現在要反過來好好利用。如果有很多人來參與處決過程，大家難免會竊竊私語，或是帶著鄙視的眼神——但是現在沒有這方面的困擾，您已經專心聽完了我的解說、看過了機器，正準備要觀看處決的過程。您肯定已經做出自己的判斷了，就算還有絲毫疑慮，在看完處決之後就可以排除。所以我要向您提出請求：請您幫助我對抗司令！」

考察人員不讓他繼續講下去。「我怎麼有辦法呢？」他大叫：「完全不可能。我既沒辦法幫到您，也沒辦法對您造成不利。」

「您是辦得到的。」軍官說。考察人員有些驚恐地看見軍官握緊拳頭。「您是辦得到的。」軍官又更迫切地說了一次。「我有個計畫，一定成功。您認為自己的影響力沒那麼大，但我知道您的影響力是足夠的。我承認您說的也沒錯，但是為了完整保留這套程序，難道不應該先試著化不可能為可能嗎？所以請您先聽聽我的計畫。要實現這個計畫，最關鍵的就是您今天在流放地要盡可能忍住不對這套程序做出評判。如果沒有人問，您絕對不可以表態；就算表態，也必須簡短、含糊，要讓大家覺得您很難對這件事情表示看法，要讓大家覺得您已經十分火大，如果他們要您公開表態的話，您肯定會破口大罵。我沒有要求您說謊；絕對沒有，您只要簡短回應一下就好，例如：『對，我看過處決了。』或是『對，我聽完解說了。』這樣就好，其他就不必再多說了。他們發現您好像很火大，您確實也有足夠的理由火大，只是不像司令想的那樣。他當然會完全誤會您的意思，然後從自己的角度解讀。我的計畫就是以這件事情作為基礎。司令明天會在司令部主持一個高級行政長官會議，他當然知道要怎麼把這次會議變成一場秀。他蓋了一座看臺，總是擠滿了觀眾。我被迫要參與討論，但是我心裡千百個不願意。無論如何，您肯定也會受邀前來參加會議；如果您今天按照我的計畫去做，他們不只會來邀請您，甚至會迫切來求您務必參與。要是您不知為何沒有收到邀請，您就要去向他們索取邀請函；而且您一定拿得到，這點無庸置疑。這樣一來，您明天就會和女士們一起坐在司令家的包廂裡，他時不時會往上看，確保您人在那裡。他們會先討論各式各樣無關緊要、只是演給觀眾看的可笑議題——大多都是碼頭建設，永遠都在談碼頭建設——，然後才會談到司法程序。假如司令那邊不提，或是遲遲沒有動作，那麼我就會主動提出來。我會站起來，向大家報告今天的處決過程，我會說的很簡短，就只是簡單報告一下。雖然會議上通常不會有人做這類報告，但我還是會這麼做。司令會向我表示感謝，就像平常一樣，帶著友善的微笑，這時，大好機會擺在眼前，他再怎麼忍也忍不住。『剛剛收到了處決的報告，』他大概會類似這麼說，『我想要補充一點，諸位都知道有位偉大的研究員正在我們這裡考察，讓我們這個流放地蓬蓽生輝，而他正好也出席了處決過程。就連我們今天的會議也因為他的大駕光臨而顯得不凡。我們要不要請教一下這位偉大的研究員，看他對傳統做法的處決方式以及處決前的整套程序有什麼看法？』這時四處當然都會掌聲如雷，大家都會贊同這個意見，而我是其中拍手拍得最用力的人。司令會向您鞠躬，然後說：『那我就代表大家向您問個問題。』這時您會走到護欄旁邊，把雙手放在所有人都看得見的位置，不然那些女士們會抓著您的手，用手指不斷玩弄。——這時終於輪到您說話了。直到這一刻來臨之前，我不曉得自己該怎麼撐過幾個小時的緊張情緒。您的談話不必有所顧忌，請您把真相大聲地說出來，探出護欄，大聲咆哮，就是這樣，請您對司令把自己的意見、堅定不移的意見吼出來。不過您也許不想這麼做，這不符合您的個性，您家鄉那裡的人面對這種情況也許會採取不同的做法，這樣也沒錯，這樣就夠了，您完全不用站起來，只要說幾句話，小小聲地說，只要讓坐在下面的官員們聽到就夠了，您完全不用提到沒有人參與處決的過程、發出刺耳聲音的齒輪、斷掉的皮帶、噁心的氈毛，不用，其他的部分都由我來說就好，請您相信我，就算我的話不會把他轟出會議廳，還是可以逼著他跪下來，讓他不得不承認：老司令，我這就向您磕頭了。——這就是我的計畫。您願意幫助我實行這個計畫嗎？您當然是願意的，不僅如此，您也必須這麼做。」軍官抓著考察人員的雙手，呼吸沉重地看著他的臉。軍官的最後那幾句話幾乎是用喊的，連士兵和犯人都注意到了；雖然他們什麼也聽不懂，但是他們停下吃東西的動作，一邊咀嚼，一邊看向考察人員。

考察人員打從一開始就很清楚自己該給出什麼答案；他的人生經歷太多了，不可能在這件事情上有所動搖。他骨子裡就是個正直的人，而且無所畏懼。儘管如此，他看到眼前的士兵和犯人，心裡還是猶豫了一下，但是他最後還是說了該說的話：「我不願意。」軍官眨了好幾下眼睛，目光始終盯著他看。「您想要我給出解釋嗎？」考察人員問。軍官一言不發地點點頭。「我並不支持這套程序，」考察人員說：「早在您對我說出心裡話之前——我當然不會濫用您對我的信任——，我就已經在思考自己有沒有權力出面干預這套程序，以及我有沒有成功干預的機會。我很清楚自己必須先尋求誰的幫助：當然是司令，而且您也是這麼跟我說的。只不過，您的說法並沒有因此堅定我的決心，相反地，就算我不至於產生動搖，您的開誠布公還是讓我深深觸動。」

軍官什麼話也沒說，轉向機器，抓住其中一根銅管，向後彎身，抬頭看向上面的繪圖器，彷彿在確定一切是否正常。士兵和犯人看起來已經變成朋友了。雖然犯人的手被綁著不好移動，但他還是對士兵打了一個手勢。士兵彎下身子，犯人對他說了幾句悄悄話，士兵隨即點點頭。

考察人員走向軍官，他說：「您還不曉得我想做什麼。雖然我會向司令說明我對這套程序的看法，但不是在會議上，而是私底下告訴他。我也不會在這裡待太久，沒辦法參加任何一場會議。明天一早我就要動身離開了，或至少會先坐上船。」

軍官看起來並沒有在認真聽他說話。「所以這套程序沒有任何說服您的地方。」他自顧自地說，然後微笑，就像老人家笑小孩子不懂一樣，他的微笑背後藏著自己真正的考量。

「那麼是時候了。」他最後說，眼神突然一亮，看向考察人員，像是在要求他或是呼求他參與某件事情。

「什麼的時候？」考察人員不安地問，但是沒有得到答案。

「你自由了。」軍官用犯人聽得懂的語言對他說。犯人完全不敢相信。「現在，你自由了。」犯人臉上第一次出現了生機。這是真的嗎？會不會只是軍官一時的情緒使然？外國來的考察人員求情成功了嗎？到底是怎麼回事？他的表情看起來充滿疑問，但是沒有持續太久。管它是怎麼一回事，如果可以的話，他確實想要自由，於是他開始在耙子下的有限空間裡扭動身體。

「你會把我的皮帶弄斷，」軍官喊道：「冷靜一點！我們馬上就會解開了。」他對士兵打了個手勢，兩人一起開始解開犯人手腳上的皮帶。犯人沒有說話，自顧自地笑著，一下看看左邊的軍官，一下看看右邊的士兵，也不忘看看考察人員。

「把他拖出來。」軍官對士兵下命令。因為有耙子在那裡，所以拖的時候必須要很小心。犯人因為等不及，背上已經多了好幾道小傷痕。

但是從此時此刻開始，軍官已經不太關心犯人的狀況了。他走向考察人員，再次把文件夾拿了出來，不斷翻頁，最後終於找到他想找的那張紙，把它拿給考察人員看。「您讀一下這個。」他說。「我沒辦法。」考察人員說，「我已經說過了，我看不懂這些紙上寫的東西。」「請您再仔細地看一遍。」軍官說，然後站到考察人員身旁，想要陪他一起讀，但是這麼做也於事無補。於是軍官伸出小指舉在半空，彷彿無論如何都不能碰到那張紙，然後在紙上來回比劃，藉此幫考察人員減輕閱讀的困難。考察人員也很努力想要看出點什麼，至少能讓軍官高興一下，但是他真的沒辦法。於是軍官開始把文字一個一個拼出來，然後再整個唸一次。「『要公正！』——紙上是這麼寫的。」他說，「您現在應該看得懂了吧。」考察人員低身仔細端詳，軍官害怕他會因此碰到那張紙，所以又把紙拿得遠一些；雖然考察人員沒有再說什麼，但是他很明顯還是沒有辦法看出個所以然來。「『要公正！』——紙上是這麼寫的。」軍官又說了一遍。「也許吧，」考察人員說，「我相信紙上寫的就是這句話。」「那就好。」軍官說，至少稍微滿意了一點，然後拿著那張紙爬上梯子；小心翼翼地把紙放進繪圖器，貌似在對齒輪進行全面調整，這項工作十分艱難，連最小的齒輪都必須處理到，軍官有時候會把頭完全埋在繪圖器裡，因為他必須仔細檢查整個齒輪組的狀況。

考察人員站在下面，目不轉睛地盯著軍官的工作，看到脖子都僵硬了，天空中陽光四射，照得他眼睛也痛了起來。士兵和犯人忙著打理彼此。士兵用刺刀的尖端把犯人的襯衫和褲子從坑裡勾出來。襯衫髒得很可怕，犯人把它放到水桶裡洗一洗。重新穿上襯衫和褲子的那一刻，士兵和犯人都大聲笑了出來，因為衣服背後還是被割成兩半的狀態。也許犯人自認有義務要逗士兵開心，於是穿著破破爛爛的衣服在士兵面前轉圈，士兵則蹲在地上，拍著膝蓋大笑，但是顧及在場的先生們，他們還是努力克制自己。

上面的軍官終於把事情做完了，他微笑著再次檢視機器的所有部分，並將繪圖器一直沒關上的蓋子關起來，爬下樓梯，朝坑裡看了一眼，然後再看看犯人，發現他已經把衣服拿出來了，軍官心滿意足地走向水桶，想要把手洗乾淨，不過他太晚才發現水桶裡面的水已經變得非常噁心，他很難過自己沒辦法洗手，最後只能把手埋在沙子裡搓一搓——雖然這種替代方式達不到他的要求，但是他也只能被迫接受——，然後他站起來，開始解開身上的軍服鈕釦。在這個過程中，他塞在領子後面的兩條女用手帕掉了出來。「這兩條手帕是給你的。」他說，把手帕丟給犯人，接著向考察人員解釋：「是那些女士們送的禮物。」

雖然他用飛快的速度脫下軍裝大衣，然後很快就一絲不掛，但他還是小心地處理每一件衣服，甚至特地用手指順了一下大衣上的銀色肩繩，把上面的流蘇抖得整整齊齊。不過他接下來的行為和小心翼翼的模樣不太相符，因為他把一件衣服小心整理好之後，就會馬上不耐煩地把它丟進坑裡。最後只剩下附有背帶的短劍。他把短劍從劍鞘裡抽出來，把它折成兩半，再把劍的碎片、劍鞘、背帶統統聚集在一起，猛力一丟，坑底傳來東西碰撞的聲音。

於是他全身光溜溜地站在那裡。考察人員抿著嘴，但什麼話都沒說。雖然他知道會發生什麼事，但是他沒有權力阻止軍官做任何事。如果說，軍官擁護的那套程序真的已經快被廢除了——或許是他介入的結果，考察人員也覺得自己有義務要這麼做——，那麼軍官現在所做的一切都是正確的。換作是考察人員自己，一定也會這麼做。

士兵和犯人起初還完全不明所以，連看都不看。犯人非常開心自己可以留下手帕，但是他沒能開心多久，士兵就以迅雷不及掩耳的速度把手帕從他手中搶了過來，保管在自己的皮帶後面。犯人試圖再把手帕從士兵的皮帶後面抽出來，但是士兵看守得很好，他們就這樣半開玩笑地打打鬧鬧，直到軍官全身脫個精光，他們這才注意到發生了什麼事。尤其是犯人，他似乎預料到會有一場翻天覆地的大變動。現在換軍官來體驗一下他剛才的遭遇了，而且事情也許會朝著最極端的方向發展。這大概是那位國外來的考察人員下的命令。也就是說，這是一場復仇。犯人自己只受到一半的痛苦，卻能徹徹底底地把仇報到最後。於是他臉上出現一個大大的無聲笑容，這個笑容沒有再消失過。

軍官轉身面向機器。即使之前已經知道他有多麼瞭解這台機器，那麼現在再看到他行雲流水的操作方式，還是肯定會大吃一驚。他的手只要接近耙子，耙子就會自動上下調整到適合他的位置；他只要抓住床的邊緣，床的部分就會開始震動；氈毛塞子也朝他的嘴巴迎來，看得出來軍官其實不想張口，但是他只猶豫一下，就把塞子含了進去。一切準備就緒，只剩下皮帶還垂在一旁，不過顯然也不是非用皮帶不可，軍官不用綁起來也沒關係。這時，犯人注意到皮帶沒有綁，他覺得沒有綁上皮帶就不能算是完整的處決，於是趕忙向士兵招招手，兩個人一起跑去把軍官綁起來。軍官原本已經伸出一隻腳，想要踢操縱桿讓繪圖器動起來，但他看到兩個人朝自己走來，又把腳縮了回去，讓他們把自己綁好。不過這樣一來，他就碰不到操縱桿了。士兵和犯人都找不到操縱桿在哪裡，考察人員又決定不要有動作。結果好像也沒這個必要，皮帶才剛綁好，機器就動了起來。床高速震動，針頭在皮膚上跳動，耙子也上上下下不斷移動。考察人員靜靜地看了好一陣子，這才想起繪圖器裡的齒輪照理說會發出刺耳的噪音才對，但是一切都很安靜，聽不見任何一點嗡嗡聲。

機器運作得太安靜，很快就從大家的注意力中消失。考察人員轉頭看向士兵和犯人，犯人愈來愈活潑，對機器的每個部分都很感興趣，一下在這裡彎下身子，一下在那裡伸長脖子，不斷東指西指，指給士兵看。考察人員覺得很尷尬，他原本決定要在這裡待到最後，但是他實在受不了眼前兩個人的模樣。「你們回家去吧。」他說。士兵也許還會乖乖聽話，但是犯人覺得這道命令是一種懲罰。他雙手合十，苦苦哀求考察人員讓他留在這裡，但是考察人員搖搖頭，絲毫不為所動，於是他便跪了下來。考察人員發現命令在這裡一點用都沒有，於是想走上前去把兩個人都趕走。這時，他聽見上方的繪圖器傳來一些聲響，他抬頭往上看，難道齒輪終究故障了嗎？但是聲音來自別的零件。繪圖器的蓋子緩慢升起，最後完全打開。其中一顆齒輪的頭露了出來，而且不斷上升，不久後整顆齒輪都露了出來，彷彿有一股強大的力量正在擠壓整台繪圖器，導致沒有足夠的空間容納這顆齒輪。齒輪滾到繪圖器的邊緣，掉了下來，先是直挺挺地在沙子上滾了一下，接著便倒了下去。這時上面又有一顆齒輪升起來，後面跟著許多大大小小無法分辨的齒輪，全都一樣掉了下來，每當大家認為繪圖器裡應該已經空了，又會出現一組新的齒輪，而且數量還特別多，全都掉了下來，在沙子上滾了一圈之後倒在地上。眼前的事件讓犯人完全忘了考察人員的命令，齒輪的出現讓他欣喜若狂，不斷伸出手，看看是不是能抓到一個，同時不忘催促士兵來幫忙，但緊接著另一顆齒輪又掉下來，在地上滾動時把他嚇了一大跳，連忙將手收回來。

反之，考察人員變得非常不安。機器明顯正在解體，安靜運作只是假象。他有一種感覺，彷彿自己必須去照顧軍官，因為對方已經沒辦法自理了。但是他所有的注意力都集中在掉落的齒輪上面，忘了去監控機器的其他部分。當最後一顆齒輪從繪圖器掉出來之後，他這才彎身察看耙子，結果又被突如其來的噁心狀況嚇了一跳。耙子現在不是用寫的，而是用刺的，床也不再幫身體翻面了，而是一邊震動、一邊把身體往針裡壓。考察人員想要插手，希望可以讓整台機器停下來，這已經不是軍官要的嚴刑拷打了，根本就是致人於死地的謀殺。他才剛伸出雙手，耙子就升了起來，帶著被刺穿的身體向一旁移動，這通常是第十二個小時才會有的動作。上百道小血柱流了出來，沒有混著水，因為噴水孔故障了。如今，就連最後一道步驟也失靈了，身體並沒有從長針上掉下來，血都流乾了，身體還掛在坑上掉不下來。耙子想要復歸原位，但是它似乎發現自己的重擔還沒有擺脫，所以依然懸在坑的上方。「來幫忙！」考察人員對士兵和犯人大喊，自己也抓住軍官的腳。他想從這一側壓住軍官的腳，讓他們兩個人從另一側抓住軍官的頭，慢慢把軍官從針上卸下來。但是那兩個人無法下定決心，犯人甚至直接轉過身去，考察人員不得不走向他們，用蠻力把他們逼到軍官的頭旁邊。他不太情願地看見了屍體的臉，那表情看起來和生前沒什麼兩樣，看不到之前說過會有的解脫。其他人全都在機器裡找到了自己尋覓的東西，只有軍官沒有得到。他的雙唇緊閉，死不瞑目，看起來彷彿還活著，目光充滿平靜與確信，一根巨大的鐵針穿過了他的額頭。

＊　＊　＊

考察人員帶著士兵和犯人回到流放地最早蓋好的那幾間房子，士兵指著其中一間說：「這裡就是茶館。」

屋子的一樓是個像山洞一樣的空間，又低又深，牆壁和天花板都被燻黑了。面對馬路的那側整面都是敞開的。這間茶館看起來和流放地的其他房子大同小異，除了司令部所在的宮殿之外，這裡的建築全都破敗的很嚴重，儘管如此，這間茶館還是讓考察人員感受到一股深刻的歷史記憶，以及從前的力量。他走上前，兩人跟在後面，穿過街邊沒有人坐的戶外座位，茶館裡帶著霉味的陰涼空氣撲鼻而來。「老司令就埋在這裡，」士兵說，「神父拒絕讓他葬在墓園，大家討論了一陣子，都沒辦法決定要把他葬在什麼地方，最後才把他埋在這裡。軍官一定沒有向您提過這件事，他當然是對這件事最感到慚愧的人，他甚至有好幾次試圖在夜裡把老司令挖出來，但總是會被人趕走。」「墳墓在哪裡？」考察人員問，他不相信士兵說的話。士兵和犯人兩人立刻跑到他前面，伸手指出墳墓所在的位置。他們把考察人員帶到後面那片牆，那裡的座位上坐著一些客人，大都是碼頭工人，身材魁梧，留著黑到發亮的大鬍子。所有人都沒穿大衣，身上的襯衫破破爛爛的，這些人民既沒有錢，也沒什麼尊嚴。當考察人員走近，有些人站起來，退向牆壁，看著他迎面而來。「是個外國人，」那群人在考察人員周圍議論紛紛，「他想要看墳墓。」他們把其中一張桌子推開，下面真的放著一塊墓碑。那是一塊簡單的石頭，高度剛好可以藏在桌子下面。石頭上面寫著一段很小的字：「老司令長眠於此。他的支持者為他修築此墳，立碑於此，今後將化為無名之人。預言說，司令將在若干年後重新復活，率領他的支持者從這棟房子出發，重新占領流放地。你們必要懷抱信心，並要等待！」考察人員讀完後站起身來，看見現場的人全都站在他的四周，帶著微笑，彷彿他們剛才也和他一起讀了那段文字，覺得很可笑，並且要求他附和他們的意見。考察人員假裝沒有看出他們的意思，分了一點銅板給他們，等到桌子被推回原位，他便離開茶館，走向碼頭。

士兵和犯人在茶館遇見認識的人，於是被留了下來。但是他們應該過沒多久就脫身了，因為考察人員前往小船的長階梯才走到一半，他們就已經追了上來。他們大概想在最後一刻強迫考察人員也把自己帶上。趁著考察人員在下面為了接駁到輪船的事情和船夫討價還價，兩人快速跑下階梯，過程中一句話也沒說，因為他們不敢大喊大叫。但是當他們跑到下面的時候，考察人員已經上船了，而船夫正好剛把船推離岸邊。他們本來是可以跳上船的，但是考察人員從甲板上撿起一條粗重、打著許多結的纜繩，他拿著纜繩威脅他們，於是他們的跳船計畫就被阻止了。

巢穴

Der Bau

本篇為生前未出版之遺稿，寫於1923年，卡夫卡逝世前約六個月，結尾未完成。有一說是卡夫卡曾寫出結局，但又囑託當時的女友朵拉將其燒掉了。

這座巢穴是我蓋的，而且看起來還蓋得不錯。從外觀來看，只看得見一個大洞，但是這個洞其實不會通往任何地方，在裡面走沒幾步就會被天然的岩石擋住去路。我不想自誇，我不是故意要設計這個機關的，這是好幾次失敗嘗試之後留下來的結果，但我最後還是覺得不要把洞填起來會比較好。有些機關確實是做得太精細了，精細到會自我毀滅，這點我比誰都要清楚，而且要用這個洞來吸引別人的目光、讓人以為這裡值得一探究竟，這麼做也太大膽了。但如果你們覺得我很懦弱，認為我只是因為懦弱才會想蓋這座巢穴，那你們就錯了。這座巢穴真正的入口位在距離洞口幾千步之遠的地方，外面還用一層可以掀開來的苔蘚遮住，非常安全，堪稱世界級的保護。沒錯，的確可能會有人踩到苔蘚，或是直接把苔蘚推開，這樣我的巢穴就曝光了，如果有人存心要這麼做的話——不過必須強調，這需要用到某些非常少見的技能——，他也可能直接闖進來，將這裡的一切破壞殆盡。這些我都知道，就算我正處在生命的巔峰，我還是幾乎一刻也不得安寧。苔蘚所在的陰暗角落是我的致命傷，我常常夢見有個貪婪的獸鼻不停在那裡聞來聞去。就像大家說的，我也許真的可以把入口堵住，上面先蓋一層薄薄的硬土，下面再用比較鬆軟的泥土堵住，這樣我就不用每次都要費盡千辛萬苦重新挖一條路出去。然而，這是不可能的，出於謹慎，我必須確保自己有立刻脫逃的機會；也是出於謹慎，我必須時常冒著生命的風險。這一切都需要勞心勞力地計算，之所以會想繼續算下去，有時候只是因為精明的大腦自己樂在其中。我必須確保自己有立刻脫逃的機會，就算警覺性再高，又怎麼能保證不會有攻擊從意想不到的地方出現？我在自己家裡安安穩穩地過生活，與此同時，我的敵人正在悄悄地鑽洞，一步步朝我逼近。我不會說他的感覺比我敏銳，搞不好他對我的瞭解和我對他的瞭解一樣少。但是有些強盜真的沒有在管三七二十一，只顧著東挖西刨，因為我的巢穴範圍延伸得非常廣，所以他們覺得有在某個地方找到通往我這裡的路的希望。但是我有優勢，因為我在自己家裡，所以我認得這裡的每一條路和通往的方向。強盜很容易就會變成我的獵物，而且吃起來香甜可口。但是我年紀大了，我有數不清的敵人，許多都比我強壯，我在躲避敵人的過程中很可能落入另一個敵人手中。哎，什麼事都可能發生！但是無論如何，我都必須要有信心，也許某個地方有一個容易抵達而且暢行無阻的出口，不需要做什麼就能逃出去，這樣我就不用在那裡絕望地挖土，就算是鬆軟的土堆也不例外，然後挖到一半，突然——上天保佑！——感覺追捕者的牙齒正咬在我的大腿上。而且我的威脅也不只來自外部的敵人，就連地底下也有我的敵人。我還不曾看過牠們，但是傳說裡有記載，而且我也對此深信不疑。牠們是來自地底的生物，傳說也沒有描寫得很清楚。就算變成牠們的獵物，還是不太有辦法看見牠們。牠們在土裡來去自如，牠們來的時候，可以在貼近自己下方的泥土裡聽見牠們爪子刮過的聲音，然後就完蛋了。誰都不能說這裡是自己的家，這裡比較像是牠們的家。遇到這些生物的時候，就連剛才說的那個出口也派不上用場，我大概逃不出去，反而會死在裡面，但是那個出口是一種希望，沒有它我根本活不下去。除了這條大路之外，還有幾條安全的小路可以讓我與外界保持連繫，也為我送來可以呼吸的新鮮空氣。這些路都是森林裡的小老鼠蓋出來的，我很懂如何把這些小路全都納進自己的巢穴，既可以藉此嗅到遠方的情況，也可以用來保護自己，各種小動物也會沿著這些小路過來讓我吃掉牠們，所以我不用離開巢穴就能打打野味，維持基本生活機能，這當然是一件很寶貴的事情。

但是，這座巢穴最棒的地方還是在於它的安靜，不過這當然也只是假象。這裡的安靜可能會被突然被打斷，然後就此一去不復返。但目前暫時還是安靜的。我可以在通道內來回走上好幾個小時，都沒聽到半點動靜；有時候會傳來小動物發出的沙沙聲，我會馬上把牠放進牙齒間，讓牠們安靜下來；或是聽到泥土流動的聲音，我就知道有哪裡需要補強了；除此之外，四周一片寂靜。森林的風會吹進來，所以這裡既暖和又涼爽。我有時候會伸個懶腰，愜意地在通道裡打滾。

對於即將邁入老年的我來說，最棒的事情莫過於有這樣一座巢穴了，當秋天來臨的時候，有個地方可以遮風蔽雨。我在通道每一百公尺的地方都開闢了一個圓形的小廣場，讓我能舒服地蜷曲身體休息和取暖。在那裡，我實現了想要有個家的目標，心滿意足，可以睡個香甜的好覺。不知道是不是以前養成的習慣，還是這間房子潛在的危險大到我沒辦法一覺好眠，我每隔一段時間就會從深層睡眠中驚醒，然後專注地聽，聽著日日夜夜支配著這個地方的寧靜，帶著放心的微笑，放鬆四肢，再度陷入更深層的睡眠。無家可歸的漫遊者，在鄉間小路、在森林裡，頂多只能可憐兮兮地躲在樹葉堆中，或是和同伴擠在一起，遭受天災地禍的摧殘與肆虐！我則躺在這裡，四周安全無虞——我的巢穴裡還有超過五十個這樣的地方——，可以隨心所欲地選擇睡覺的時間，任憑時光在半睡半醒與無意識的睡眠之間流逝。

主要的空間並非位在整座巢穴的正中央，這是考量到極端危險的情況，不僅是為了防止遇到敵人的追捕，也是為了應對被圍困的情況。巢穴的其他部分都是絞盡腦汁的結果，耗費心力的成分比較多，唯獨這座堡壘廣場在各方面都是粗重的體力活。有幾次我真的累到很絕望，什麼都不想做了，躺在地上不停翻滾，咒罵這座巢穴，然後拖著沉重的腳步出走，讓整座巢穴門戶大開。我之所以這麼做，是因為我再也不想回去了，但是幾個小時或是幾天後，我就後悔了。回來看到巢穴還是完好如初，我幾乎高興到差點唱起歌來，然後帶著愉快的心情重新開始工作。這座堡壘廣場的修築還遇到了不必要的困難（不必要的意思是這項工作對這座巢穴沒什麼實質效益），因為恰好在預計要修築的地方，土質特別鬆軟又是砂質地，必須先把土加以夯實，才有辦法蓋出漂亮的穹頂和圓形的廣場。面對這種工作，我就只能靠自己的額頭。於是我用額頭日日夜夜撞擊泥土，撞了成千上萬次，把自己的額頭都撞出血來了，但是我很開心，因為這是牆壁開始變堅固的證明。透過這種方式，大家一定都會同意我值得擁有這麼一座堡壘廣場。

我把收集來的糧食都存放在這座堡壘廣場，所有在巢穴裡面捕獲、但是現在還吃不下的、在巢穴外面打獵帶回來的一切，全都堆放在這裡。這個地方很大，就算放了半年分的糧食也裝不滿。所以我可以把存糧妥妥地一字排開，數量之多，風味齊全，在其中走來走去，盡情把玩，真的賞心悅目，而且永遠都能精準掌握現有的存糧狀況。我也可以根據季節的不同重新規劃，預先進行必要的估算和制訂打獵計畫。衣食無缺的時候，我對於吃東西沒有太大的興趣，完全不會去碰那些在這裡跳來跳去的小動物，不過從別的方面來考量，這麼做也許真的有點太不謹慎了。因為經常忙著做好防禦準備，導致我對怎麼利用巢穴進行防禦的看法也有所改變，或者說是發展出不同的看法，雖然這些變化和發展的幅度不大。有時候，我會覺得把整個防禦工事都奠基在堡壘廣場的做法有點危險，既然這座巢穴具有如此豐富的多樣性，我應該也有更多不同的選擇才對。在我看來，把糧食稍微分散到幾個小廣場去，會是更保險的做法。這樣一來，我就可以每三個廣場設立一間糧食貯藏室，或是每四個一間甲級貯藏室、每兩個一間乙級貯藏室，諸如此類。或者我也可以排除一些道路，不要用來堆放糧食，藉此迷惑敵人，或是根據主要出口的相對位置，隨機挑選少數幾個空間就好。但是每一個新計畫都需要搬運重物，所以我必須重新計算一下，才能來回搬運重物。不過我也可以慢慢做，不用急著做完，把好東西叨在嘴巴裡，想在哪裡休息就在哪裡休息，遇到什麼好吃的就嚐一嚐，這樣做也沒什麼不好。更糟糕的是，有時候我會從睡夢中驚醒，覺得目前的安排完全不對，很可能會造成重大危害，就算再怎麼睡眼惺忪都必須立刻進行修正。於是我趕緊加快腳步，快步飛奔，根本沒有時間計算。我想要執行一個新的、非常精確的計畫，嘴邊有什麼就咬什麼，拖著、抬著、嘆氣、哀號、絆倒，只要能這個讓我覺得超級危險的現狀有任何一點改變，我就覺得足夠了。隨著頭腦清醒，我也逐漸冷靜下來了，搞不太懂自己剛才為什麼要這麼匆忙，平白無故打亂自己家的平靜。我停下來深吸一口氣，回到睡覺的地方，折騰了這麼一下，疲憊不堪的我很快就又睡著了。等我再次醒來，如果不是牙齒上還掛著一隻死老鼠，證據確鑿，不然昨夜的辛苦彷彿就只是一場夢而已。有時候，我又覺得把所有糧食都聚集到一個地方是最好的做法。放在小廣場對我有什麼用，那裡是能放得下多少糧食？而且無論拿什麼東西過去放，都會擋住去路，也許還會阻礙我的防禦工事或逃跑路線。除此之外，如果沒有親眼看到糧食全都集中在同一個地方，沒有辦法一目瞭然自己擁有多少存糧，對自信心其實是一種傷害，雖然聽起來有點笨，但確實是如此。分散在這麼多地方，難道就不會有所遺漏嗎？我總不能一直在縱橫交錯的通道裡跑來跑去，只為了檢查一切是否安然無恙。將糧食分散存放的概念是正確的，但前提是要有許多類似我這座堡壘廣場的地方。許多這樣的地方！沒錯！但是有誰辦得到？而且，從這座巢穴的整體規劃來看，目前也沒有多餘的空間可以擴建了。但我要承認，這就是這座巢穴的缺陷所在，任何東西如果只有一個樣品，就一定會有缺陷。而且我也要承認，在修築這座巢穴的時候，需要多幾個堡壘廣場的想法其實一直模糊地存在我的意識裡，如果我真心想要的話，這個想法其實也夠清楚了；但是我沒有順從這個渴望，因為我覺得自己太弱，沒辦法負荷這麼龐大的工程。我甚至覺得自己弱到沒辦法具體想出這個工程有什麼必要，所以我用同樣模糊的感覺安慰自己，對別人來說也許不夠，在我的情況下可能就會變成例外，或是蒙受上天的憐憫，可能天意如此，因為我的額頭長得就像一把錘子，所以一定夠用。於是我就只蓋了一座堡壘廣場，模模糊糊覺得會不夠的感覺也消失了。無論如何，我都必須接受只有一座堡壘廣場的事實，小廣場沒辦法取代堡壘廣場的功用，當這個想法愈發成熟，我又開始把所有糧食從小廣場拖回堡壘廣場。看到所有地方和通道都空了出來，有段時間對我而言也是一種安慰，堡壘廣場堆滿了肉，混雜的氣味連最偏遠的通道都聞得到，每一種味道都獨特得令我陶醉，而且我從很遠的地方就能分辨出彼此的不同。接下來通常會是一段特別靜好的時光，我會慢慢把睡覺的位置從最外圍移到裡面，愈來愈沉浸在這些氣味之中，直到有天晚上我再也受不了了，衝進堡壘廣場，大口大口地清空存糧，用我最愛的上等貨填飽自己，直到動彈不得為止。這種時候很幸福，但是也很危險，如果有人懂得利用這個時機，就能在沒有任何風險的情況下輕易將我消滅。這時缺少第二或第三座堡壘廣場的弊害就會顯現出來，把所有糧食集中在一起會導致我的誤判。所以我試著透過各種方式防止這件事情發生，分散到不同小廣場就是其中一種，可惜就像其他類似的措施一樣，都會讓我因為缺乏而變得更加貪婪而失去理智，並任意改變防禦計畫，只為了滿足自己的貪慾。

為了讓自己恢復理智，我習慣在事後對巢穴進行檢視，做完必要的補強之後，我常常會離開巢穴，就算只有暫時一下也好。如果說要為了懲罰自己而離開巢穴很長一段時間，我自己也會覺得罰得太重了，但我認為確實有必要暫時出去放風。每當我接近出口的時候，總是會有一種特別的莊嚴感。我在日常生活時會離出口遠遠的，甚至會避開通往出口的通道尾端，其實在那裡繞來繞去也不容易，因為我把那個地方的通道蓋得非常蜿蜒曲折。那裡是這座巢穴最先開始修築的地方，我當時還不敢奢望自己能按照計畫順利完工，於是便在這塊小角落起了玩心，同時也在修築迷宮的過程中首次感受到工作帶來的快樂，我當時覺得這片迷宮是整座巢穴最精華的地方。如今從更正確的眼光來看，我認為這座迷宮根本只是個微不足道的作品，不會為整體巢穴帶來真正的價值，雖然從理論上來說，它還是有寶貴的地方——這裡是我家的入口，我當時語帶嘲諷地對那著些看不見的敵人說，並開始在腦海裡幻想牠們全都卡在迷宮窒息而死——，但是這座迷宮本身真的是個薄弱的玩笑，幾乎抵擋不了真正的進攻或是決定拚死一戰的敵人。所以我應該針對這部分進行改建嗎？我猶豫了很久，都沒辦法做決定，最後可能還是會選擇維持原樣。姑且不論預估的工程會有多麼浩大，就我的想法而言，這件事情本身就已經是最危險的工作了。剛開始修築巢穴的時候，我還能相對不急不徐地慢慢做，風險也不會比其他地方來得大，但如今，這麼做幾乎是要讓全世界都注意到這個巢穴的存在，實在太膽大妄為了，現在已經不可能再這麼做。我還滿開心自己對這座處女作還保有一定程度的在乎。假如遇到大規模的進攻，什麼樣的入口可以讓我倖免於難？入口可以用來迷惑敵人、讓敵人分心、或是折磨敵人，萬不得已的時候，這個入口其實都做得到。但我也必須立刻啟動巢穴裡的各種手段，用盡全身上下與靈魂的所有力量，試圖抵擋大規模的進攻——這是理所當然的。所以就讓這個入口繼續維持原樣吧。雖然我在事後才清楚認識到自己親手造成了什麼缺陷，但保不保留這個缺陷其實都無所謂，反正這座巢穴本來就有先天因素造成的弱點。這並不表示我不在乎這個缺陷，我時不時就會感到不安，甚至一直提心吊膽。我在日常散步的時候，通常會避開巢穴的這個部分，主要是因為我看到它就覺得難受，因為我不想一直看見這座巢穴的缺陷，光是意識到缺陷的存在就已經夠讓我的腦袋嗡嗡作響了。雖然上方入口處的缺陷無法排除，但只要可以避開，我就希望能不再看到它。如果我朝著入口的方向移動，就算中間還隔著許多通道和廣場，我還是會覺得自己正陷入一種莫大的危險，有時候我甚至會覺得自己的毛皮變得愈來愈薄，彷彿很快就會赤身露體地站在那裡，並且在同一瞬間聽見敵人鬼哭神號的問候。沒錯，光是出口的存在本身就會引發這種感覺，讓人想到自己即將離開家的庇護；但是入口蓋成那樣，其實對我來說也是一種折磨。有時候，我會夢見自己正在改建入口，憑著巨人之力，在沒有人發現的情況下，一夜之間徹底改造，這下誰都攻不進來了。只要做了這個夢，當天晚上就會睡得特別好，睡醒的時候，喜悅和解脫的淚水還會掛在我的鬍鬚上閃閃發亮。

因此，當我出門的時候，我必須靠自己的身體戰勝迷宮帶來的痛苦。有時候我會在自己蓋出來的迷宮裡稍微迷路，我一方面會很惱火，一方面又會很感動，因為這表示這個作品似乎還在努力，雖然我早已經下了定論，它還是想向我證明自己存在的理由。接著，我來到苔蘚下方，我有時候會多留一些時間——這段期間我都不會出門——讓苔蘚和周圍的森林地面連成一片，這時，我只需要頭頂一下，就會進入外面的世界了。但是這個小小的動作我遲遲不敢做，如果不是還要再次穿越入口的迷宮，我今天一定會放棄，然後打道回府。怎麼？你的房子擁有完善的保護，沒有任何破口，你在這裡過得歲月靜好、飽暖無憂，而且你又是這裡唯一的主人，統管為數眾多的通道和廣場，你不希望犧牲掉這一切，可是又有點想放棄，你有信心再把這一切贏回來，但是你下得了這麼高額的賭注嗎？這個賭注真的太大了。你有什麼好理由要這麼做嗎？沒有，這麼做不可能會有什麼好的理由。但我還是小心翼翼地掀開門，走向戶外，然後再輕輕地把門放下，接著盡我所能地快速離開這個會暴露行蹤的地方。

雖然我已經不在通道裡鑽來鑽去，但我其實也不是真的在光天化日之下，而是在森林裡打獵，我感覺體內出現了新的力量，這些力量在原本的巢穴裡多少有點施展不開，更別說在堡壘廣場裡面了，就算堡壘廣場再大十倍也是如此。而且外面的食物更好，雖然打獵變得更困難，成功的機率也比較小，但是打到的獵物從各方面來看都可以獲得更高的評價，這點我完全不否認，我也懂得感受，並且樂在其中，至少和別人一樣，只是我大概做得比別人還要好，因為我打獵的方式不像流浪漢那麼草率或絕望，我的目標明確，而且打起獵來從容不迫。我也沒有非得要在野外討生活不可，我知道自己的時間有限，不需要無止境地在這裡打獵，因為要是我過膩了這樣的生活，而且我也願意的話，會有人來呼召我，而我將無法抗拒他的邀請。所以我可以好好享受這段時光，無憂無慮地度過，只不過理論上是如此，實際上卻我做不到。巢穴的事情太讓我操心了。我用最快的速度離開入口，但不久之後我又回來了。我想為自己找一個藏身之處，日日夜夜——從外面——守在我家的入口旁邊。大家或許覺得這麼做很愚蠢，但這為我帶來了無法言喻的快樂，也讓我的心情獲得平靜。這樣一來，我在睡覺的時候會覺得自己不是站在家門口，而是站在自己面前，然後覺得幸福，既能睡得很沉，同時又能警覺地為自己站哨。我有某種特殊能力，不只可以在睡覺帶來的無力感與卸下防備的狀態中看見夜裡的鬼魂，而且完全清醒的時候也能透過沉著的判斷和他們真實相遇。我發現自己的狀況沒有我想像的那麼糟，滿特別的，如果我回到地底下，大概又會開始覺得自己不太好。從這點來看，這次外出真的不可或缺，雖然從其他方面來看也是如此，但是這點尤其重要。沒錯，雖然我考慮了很久，才把入口選在比較偏僻的地方——然而，如果在那裡觀察一個星期，就會發現那裡的交通量其實很大，也許所有可以住人的地方都是如此。而且住在交通量大的地方搞不好還比較好，交通量夠大所帶來的人潮就多，總好過要在完全孤立的情況下面對一流入侵者的慢慢摸索。這裡有許多敵人，各個勢力龐大，但是他們彼此也會互相攻擊，在我的巢穴外面追殺來追殺去。住在這裡這麼久，我從來不曾看過有人在入口處停下來研究，這樣對我們彼此都好，不然我一定會因為擔心巢穴的安全，下意識朝他的喉嚨撲過去。不過，這裡還有一些動物，我不敢離他們太近，光是從遠處看到牠們時一定會拔腿就跑，我其實也說不太準牠們對巢穴的態度，但只要我回到巢穴的時候牠們都已經離開，而且入口也完好如初，這樣我就安心了。過往還有些快樂的時光，快樂到我差點都要對自己說，這個世界對我的敵意也許消失或平息了，或是這座巢穴的威力真的讓我擺脫了迄今為止的殲滅戰。巢穴帶來的保護也許比我過往想的還大，或是超出我在巢穴內的想像。我有時候甚至還會幼稚地希望自己永遠不用回到巢穴，而是在入口附近安頓下來，餘生都用來觀察入口，一刻也不讓它離開自己的視線，然後想像，如果自己人在裡面，這座巢穴可以為我帶來多麼牢靠的安全保障，而這就是我的幸福。只不過，這種幼稚的夢想很快就會被打破。我在這裡觀察的安全措施算什麼東西？難道我可以用外界的經驗評斷我在巢穴裡遭遇的危險嗎？如果我人不在巢穴裡，我的敵人嗅得出來嗎？他們一定多少都有嗅出我的味道，只是沒辦法百分之百肯定。而危險的前提不正是因為他們可以完全嗅出我在哪裡嗎？所以我在這裡做的只不過是減量測試，把危險減半，或是降到只剩十分之一，只適合用來讓自己安心，然後安心的假象又會造成最大的危害。不對，我以為自己正在觀察自己的睡眠，但其實不然，也許只是破壞狂醒著的時候我都在睡覺而已。也許他就混在那些不經意走過入口的人群之中，和我一樣，都想確認入口的門是否完好無損，是否還在等待他們的進攻。他們之所以走過，只是因為他們知道這個家的主人不在裡面，也許他們還知道這個家的主人正無害地埋伏在一旁的灌木叢中。我離開了我的觀察點，開始對野外生活感到厭煩，我覺得自己在這裡已經學不到更多東西了，現在學不到，未來也學不到。於是我想要告別這裡的一切，回到巢穴之中，再也不要出來，反正事情愛怎樣就怎樣，不要再用無用的觀察來阻止事情的發生了。但是因為我已經習慣長時間觀察入口處上方發生的一切，所以我現在覺得非常痛苦，不只要引人注目地回到巢穴，而且將門重新蓋上之後，我就沒辦法再知道自己背後的環境中有什麼事發生了。我先試著在暴風雨的夜晚快速地把獵物丟進巢穴，事情看起來很順利，但是要等到我自己也爬下去之後，才會知道事情是不是真的這麼順利。那時會有結果，但我已經無法再看到，或者即使能看到，也已經太遲了。所以我放棄這麼做，不爬下巢穴，而是在離真正的入口夠遠的地方挖了一個試驗用的坑道，長度不比我長，同樣用苔蘚蓋住。我爬進坑道，將身後的洞口蓋起來，然後小心翼翼地等待，在一天之內的不同時段計算時間的長短；接著把苔蘚掀開，爬出坑道，將觀察到的結果記錄下來。我收集到各式各樣好壞不同的經驗，但是我找不出一個下坑的通則，也找不出萬無一失的方法。所以我還是沒有爬下真正的入口，而且還感到非常絕望，因為不久之後就得在沒有準備的情況下這麼做了。再這麼下去，我就決定要遠走他鄉了，再次回到過往那種沒有盼望的生活，一點也不安全，只有各種混雜在一起的危險，但也正因如此，就不用對個別的危險緊盯不放，然後感到擔心害怕，這也是我不斷拿安全的巢穴和其他不同的生活模式比較之後所得出的啟示。沒錯，這種決定簡直就是愚蠢至極，無意義的自由日子過太久了，才會想要這麼做。我還是巢穴的主人，只要我再多走一步，就能獲得安全的保障。於是我拋下所有的疑惑，在光天化日之下直衝門口，準備妥妥地把門掀開，但是我沒辦法，我跑過頭了，為了懲罰自己，我刻意衝到荊棘叢中，雖然我也不知道自己犯的是什麼錯。到頭來我還是不得不對自己說，我的想法其實沒錯，如果想要爬回巢穴，就不可能不將自己最寶貴的東西暫時暴露在周遭的眾人面前，地上的、樹上的、空中的。而且危險也不是憑空想像出來的，而是真真實實的存在。尾隨過來的不一定是真正的敵人，可能真的只是某隻無害的、令人噁心的小生物，他好奇地跟在我後面，卻在不知不覺中為我的敵人開了路。還有另外一種，雖然一樣糟糕，但從某些方面來看這也許是最糟糕的情況——他也許和我一樣，都是巢穴專家、森林修士，愛好和平，卻是個卑鄙無恥的混蛋，只想住現成的巢穴，不想自己蓋。假如他真的來了，假如他真的憑藉著齷齪的慾望發現了巢穴的入口，假如他真的開始努力將苔蘚掀起來，假如他真的成功了，假如他真的擠身進來，而且只剩下屁股在我眼前晃來晃去，假如這一切真的都發生了，那我就能從背後瘋狂地撲到他身上，不顧一切將他咬爛、肢解、撕碎、喝乾他的血，再把他的屍體塞到其他獵物中間。但重點是，託他的福，我終於又能回到巢穴裡了，這才是最重要的，我這次甚至會想對迷宮讚賞一番，不過首要之務還是先把苔蘚蓋好，然後好好休息，我想自己下半輩子都會在巢穴裡度過了。但實際上根本沒有任何人出現，我還是得靠自己自立自強。我一直在處理困難的事情，逐漸變得沒那麼提心吊膽，而且我表面上也不再避開入口處了，我現在最喜歡做的事情就是繞著它打轉，彷彿我就是敵人，正在探查最合適的入侵機會。如果我身邊有可以信任的人，我就能請他守在觀察點，然後自己放心地爬下巢穴。我會和我信任的人說好，在我爬下巢穴的時候，以及我爬下去之後的很長一段時間裡，他都必須密切注意周遭的狀況，如果發現任何危險的徵兆，就要敲擊苔蘚，如果沒事的話就不用敲。這樣一來，我頭上的事情就都解決了，不會留有後患，最多就是那位我信任的人了。——因為，如果他不要求我做出什麼回報的話，他會不會想來我的巢穴看一看？對我來說，自願讓人參觀巢穴是一件極其尷尬的事情。巢穴是蓋給自己的，不是蓋給訪客的，我認為自己不會讓他進來，就算是他讓我得以回到巢穴，我也不會為了這件事讓他進來。而且我也根本沒辦法讓他進來，要不是必須讓他自己一個人下來，這件事怎麼想都不可能，不然就是我們兩個必須同時下來，但這樣一來，他為我守在後方觀察的好處不就消失了嗎？再說，什麼叫作信任？面對面的時候我很信任他，但如果看不到人、中間又隔著苔蘚，我還有辦法同樣地信任他嗎？在能夠或至少可以監視某人的情況下，信任是一件相對容易的事，也許距離很遠還是可以信任對方。然而，在巢穴裡面，也就是另一個世界裡面，要完全信任外面的某人，我認為這是不可能的。但是現在還沒有必要抱持這些懷疑，只要思考一件事就夠了，在我爬下巢穴的過程中，以及我爬下去之後，生命中一定會有無數大大小小的偶然，可能妨礙我信任的人執行他的義務，只要他稍微被妨礙一下，都會對我造成無法預估的後果。不，如果把上述種種綜合在一起，我根本不用抱怨自己只有孤身一人，也不用抱怨身邊沒有可以信任的人。我確實不會因此失去優勢，反而能避免可能造成的損害。我能信任的就只有自己以及這座巢穴了。我應該早點想到這點，就可以提前對我現在正困擾的事情做好準備。至少在剛開始修築巢穴的時候就應該稍微想到了。我應該要在挖掘第一條通道的時候設計兩個入口，彼此相隔合適的距離，這樣我就可以從其中一個有著所有不便的入口爬下巢穴，然後從通道快速跑向第二個入口，稍微掀開那裡的苔蘚，試圖從那裡對整體情況進行幾天幾夜的觀察，那裡的苔蘚應該也為此進行了相應的調整設置。這樣才是對的。雖然兩個入口會帶來雙倍的危險，但是此時此刻已經顧不上這種疑慮了，而且只用來作為觀察點的那個入口也可以設計得很窄才對。我陷入了技術方面的思考，又開始夢想自己擁有一座完美的巢穴，這也讓我稍微安心了一些。我閉上眼睛，興奮地想像出各種明確或不明確的巢穴方案，思考如何才能在不引起注意的情況下進出巢穴。

當我躺在那裡思考這件事的時候，我給這些方案的評價都很高，但是這些方案都只是技術方面的成就，沒有實際上的優點。到底為什麼要追求不受妨礙地進進出出？這意味著心神不寧、自我評價搖擺、慾望淫穢、性格卑劣，而且在這座巢穴不動如山的對照之下，這些性格就顯得更加卑劣了，明明只要對這座巢穴敞開心胸，它就能將平靜安穩澆灌下來。只不過我人還在巢穴外面，正在尋找有什麼辦法可以回去，此時此刻需要的正是不可或缺的技術設備。不過，搞不好也沒有那麼需要。如果只是因為當前的緊張害怕，就把這座巢穴看成普通的洞穴，只想用最安全的方式爬進去，這樣難道不會太小看它了嗎？沒錯，它確實是個安全的洞穴，而且也理應如此，從我的想像來說，如果我正處在危險當中，一定也會咬緊牙關、用盡全力希望這座巢穴就是注定要來拯救我性命的那個洞穴，只要它能近乎完美地執行這個明確的任務，我願意免除它的其他任務。但真正的情況是，這座巢穴雖然提供了許多保護，可是就現實而言——人在危急關頭是看不見現實的，即使是在危險時刻，也必須費上一番工夫才有辦法認清現實——它提供的保護仍然不夠，難道住在巢穴裡就什麼煩惱都沒有了嗎？巢穴裡的煩惱有所不同，更加驕傲、更加豐富，而且往往壓抑得很深，但是折磨人的程度也許不輸外面生活帶來的煩惱。如果我修築這座巢穴只是為了保障自己的生命安全，那我雖然沒有失望，但是至少就我可以感受到的範圍，以及從中得到的好處而言，我花費的心力與得到的保障其實不成正比。承認這件事情真的非常痛苦，但是又不得不承認，尤其是入口現在居然讓我不得其門而入，甚至還鬧起了彆扭，完全不顧慮我是親手修築這座巢穴的人，也是這座巢穴的擁有者。但是這座巢穴也不僅僅是避難用的洞穴而已。每當我站在堡壘廣場上，看著周圍堆滿高高的、貯存下來的肉，面對著從這裡延伸出去的十條通道，每條通道都特別對應著整體的布局，或低或高、或直或彎、或寬或窄，清一色的靜謐空曠，全都預備好要用自己的方式將我帶往許多廣場，而且這些廣場也同樣靜謐空曠——這時的我不再去思考安全問題了。我清楚地知道，這裡就是我的城堡，這裡是我又抓又咬又踏又撞、從頑強的泥土開闢出來的地方，我的城堡，無論如何都不可能屬於其他人，這裡是我的地盤，就算我最終會在這裡受到來自敵人的致命傷，我也會默默接受，因為我的血將會滲透這裡的土地，不會消失。這正是我習慣在通道裡半睡半醒度過美好時光的意義，這些通道全都是為我量身訂作的，為了可以完美地伸展身體、像孩子一樣打滾、躺著做白日夢，然後安詳地入睡。而且我很熟悉這裡的每個小廣場，雖然它們都長得一樣，但只要根據牆壁的上下弧度，我閉著眼睛都能清楚地分辨哪裡是哪裡。它們包覆著我，它們為我帶來的平靜和溫暖，世界上沒有哪個鳥巢比得上。而這一切的一切全都既靜謐又空曠。

既然如此，為什麼我還要猶豫呢？為什麼我對入侵者的恐懼會勝過擔心自己也許永遠都無法再見到巢穴呢？幸好，後面這件事情是完全不可能發生的，我很清楚巢穴對我的意義，壓根連想都不用想。我和巢穴是共同體，就算再怎麼恐懼，我都能靜靜地在這裡待下來，完全不需要試著克服自己的疑慮去把入口打開，我什麼都不用做，只要靜靜等待就夠了，因為沒有任何東西可以將我們長期分開，無論透過什麼方法，我最終肯定都會爬下巢穴。只不過要等到事情發生，需要多久的時間呢？這段期間內，無論是上面還是下面，又會發生多少事情呢？是否要縮短等待的時間、是否要立即採取必要的行動，全都只取決於我。

這時我已經累到無法思考了，低著頭，腳連站都站不穩，半睡半醒，與其說是在走路，不如說正踏著摸索的步伐，向入口靠近，然後慢慢地掀開苔蘚，再慢慢地爬下巢穴。因為心不在焉，我忘了把入口蓋起來，無端讓它暴露了好長一段時間，然後才想起自己少做了一件事，於是又爬出巢穴把入口關上。但是為什麼我要爬出來呢？我只要把苔蘚闔起來就好。好吧，於是我又爬下巢穴，這次終於記得要把苔蘚闔起來。只有在這種狀態，唯獨只有在這種狀態，我才有辦法做這件事。——於是我躺在苔蘚下方，躺在帶回來的獵物上面，周圍都是肉汁和血水，終於可以開始好好睡一場嚮往已久的覺。沒有任何事物會來打擾我，也沒有人尾隨在我身後，苔蘚上方似乎都沒有動靜，至少到目前為止是如此，就算有什麼動靜，我也覺得自己不用停下來進行觀察了。我換了一個地方，從上面的世界回到自己的巢穴，馬上就感受到巢穴帶來的效果。這裡是新的世界，會帶來新的力量，原本在上面疲憊不堪，回到這裡就不一樣了。我在外面玩了一圈，回來之後腦袋一片空白，操勞過度，疲憊不堪，但是看到以前住的地方，又看到眼前等著我做的建設工作，我必須快速地把每個空間都至少稍微看過一遍，也必須迅速趕往堡壘廣場，此時原本的疲累變成了熱血，彷彿我在踏進巢穴的那個瞬間，就已經先好好地睡過一覺了。回到巢穴的第一項工作十分吃力，我整個人完全投入：帶著獵物通過迷宮又窄又薄的通道。我用盡全力往前推，雖然可行，但我還是覺得太慢了。為了加速推進，我把一部分的肉拉回來，然後努力擠過去，或是從中間穿過去。這時我眼前只剩下一部分的肉了，這樣會比較好推，但是這麼一來，我完全陷在滿滿的肉堆中間。這裡的通道非常狹窄，就算只有我一個人也不一定容易通過，我真的有可能會卡死在自己的糧食之間，所以我只能這裡吃一點、那裡喝一點，才不至於被壓死。但是我成功把獵物搬出迷宮了，沒有花費太久的時間，我站在正常的通道裡鬆了一口氣，然後繼續把獵物往前推，穿過連接用的通道，再推進專門為此設計的主要通道，這條通道的坡度很陡，而且直通堡壘廣場。推到這邊我就不用再出力了，所有東西都會自動滾下去或流下去。終於回到我的堡壘廣場了！我終於可以休息了。一切都完好如初，看似沒有發生過什麼重大不幸，第一眼看到的幾處輕微受損也都很快就能修復完畢，在那之前，就只剩下漫長的通道巡禮了，但這也不是什麼費力的事情，就像和朋友們談天說地一樣，我以前常常這麼做，或是——我還沒那麼老，但是對許多事情的記憶已經變得模糊不清了——就像我曾經做過的那樣，或是我聽別人是這麼說的。看過堡壘廣場後，我故意放慢走進第二條通道的速度，反正我有用不完的時間——我只要在巢穴裡就有用不完的時間——，因為我所做的一切都是好的、都是重要的，而且在某種程度上都會使我得到滿足。我走進第二條通道，巡視到一半，就轉進第三條通道，再從第三條通道走回堡壘廣場，然後又必須從頭把第二條通道走過一遍，我就這樣邊玩邊工作，讓工作量多出好幾倍，然後自顧自地大笑，自得其樂，到最後都不曉得自己在做什麼了，但是我也沒有放棄不做。我有一段時間非常愚蠢，蠢到為了自己的生命瑟瑟發抖，還猶豫到底要不要回到你們身邊，但是現在，我來到這裡就是為了你們這些通道和廣場的緣故，尤其是你，堡壘廣場，為了你的問題，我連自己的命都可以不要了。現在，我就在你們身邊，何必再擔心會有什麼危險。你們屬於我，我屬於你們，我們結合在一起，還有什麼能傷害我們？就算有動物從上面步步逼近，正準備用鼻子在苔蘚上戳出一個洞，我也都無所謂了。我的巢穴正用他的沉默和空曠歡迎我的到來，這也證明我所言不假。——但是我突然感到一陣懶散，於是跑到我最愛的其中一個廣場，把身體蜷成一圈，我還沒有把所有地方都看過一遍，但我真的會繼續把行程走完。我並不想在這裡睡覺，只是覺得這裡太舒服了，才會弄得自己好像要在這裡睡覺一樣，我想檢查一下這裡是不是依然和以前一樣好。這裡確實和以前一樣好，但是我沒辦法脫身，於是就在這裡沉睡過去了。

我大概睡了很久，一直睡到最後才自然醒過來，不過我到最後一定已經變得非常淺眠，因為有一種幾乎聽不見的嘶嘶聲把我吵了起來。我立刻想到是那隻小傢伙，因為我對牠太不注意，又對牠過於寬容，於是牠趁我不在的時候，在某個地方鑽出了一條新的道路，並且和其中一條舊路相連在一起，空氣聚積在兩條路相接的地方，就產生了那個嘶嘶聲。這傢伙到底有多麼孜孜不倦，牠的勤奮真的很煩人！我必須貼在通道的牆上聽聽看有什麼動靜，然後再挖幾條試驗用的坑道，才能找出造成干擾的地方在哪裡，並且加以排除。順帶一提，如果新的坑道可以符合巢穴的整體情況，倒是可以用來當作新的通風口。不過我得開始嚴加看管那些小東西了，一個都不能放過。

因為我在檢查方面做過良好的訓練，所以我立刻就著手進行，而且過程不會持續太久。雖然眼前還有其他工作，但是這項工作最緊急，我的通道裡應該要安安靜靜的才對。其實這個聲音相對說來也是滿無辜的，雖然它肯定已經存在，但是我進來這裡的時候完全沒聽見。一直到我完全熟悉這裡的環境之後，才開始聽得見這個聲音，某種程度上來說，要有一雙主人的耳朵才有辦法聽得見。而且這種聲音通常不會持續不斷，現在聽見的這個聲音也不例外，中間總是會隔很長一段時間，顯然是氣流堵塞所導致的。我開始著手檢查，可是我找不出需要修復的地方在哪裡，雖然我挖了幾個坑道，但都只是碰碰運氣。這樣下去當然不是辦法，光是挖土就已經是件大工程了，更何況還要倒土和填平，全都是在白費力氣。我完全無法接近那個發出聲音的地方，還是一樣依稀聽得見，而且間隔非常規律，聽起來一下像嘶嘶聲，一下像口哨聲。不過我也可以不用管它，雖然很擾人，但是我推測的聲音來源應該不會有錯，也就是說，那個聲音不會持續增強，反而可能——只是我到目前為止還沒有等這麼久過——因為那隻小傢伙持續鑽洞而隨著時間自動消失，而且姑且不論聲音會不會消失，當系統性的搜查發揮不了作用的時候，往往還是可以靠著偶然輕易找出造成干擾的線索。我是這麼安慰自己的，所以我寧願在通道裡繼續漫步，到各個廣場看一看，其中有許多廣場我從回來到現在都還沒有去看過，然後不時回到堡壘廣場玩一玩，但是這噪音並沒有放過我，我還是必須繼續把發生問題的地方找出來。這隻小傢伙已經花了我太多太多時間，如果能拿來做別的事情該有多好。通常在這種時候吸引我的都是技術方面的問題，例如我的耳朵先天有辦法分辨出極其細微的差異，而且還可以精準地記錄下來，所以我會根據聲音想像發出聲音的來源，然後迫不及待地想驗證我的想像是不是合乎真相。這麼做是有原因的，因為只要我沒辦法確定聲音的來源，就沒辦法對這裡產生安全感，就算是被風吹下來的一粒沙，我也要知道它會滾到哪裡去。更何況是現在這個聲音，在這方面絕對非同小可。但是重要也好，不重要也罷，重點是我怎麼找就是找不到任何線索，或是說，我找到的可能原因實在太多了。而且這件事正好發生在我最愛的廣場，我心想，還是離那裡遠一點吧，走到距離下個廣場將近一半的地方。但其實我只是在開玩笑而已，彷彿我想證明造成干擾的地方不是只有我最愛的廣場，而是別的地方也有干擾發生，於是我帶著微笑開始仔細地聽，但是我的笑容很快就消失了，因為，確實如此，連這裡也都聽得見相同的嘶嘶聲。這裡真的什麼都沒有，有時候我會覺得是不是除了自己，其他人都聽不見這個聲音，但是我的耳朵受過訓練，我真的聽得愈來愈清楚。根據我比較的結果，我相信每個地方的聲音其實都一樣。如果我不是貼在牆上，而是站在通道中間靜靜地聽，我發現聲音並不會變得更大。於是，與其說我走到哪裡都聽得見那個聲音，不如說我必須很努力、甚至全神貫注，才有辦法猜得到有微弱聲響存在。但最讓我感到干擾的，正是每個地方都一樣的情況，因為這不符合我原本的假設。假如我真的猜中了發出聲音的原因，那麼現在要找的那個地方應該會傳出非常大的聲響，再逐漸變得愈來愈小聲才對。可是，如果我的解釋不正確，那究竟是什麼造成的？目前也不排除有兩個聲源的可能，搞不好我一直都離聲源太遠。如果我靠近其中一個源頭，雖然來自這個源頭的音量會增加，但是來自另一個源頭的音量就會減小，於是在耳朵裡聽起來的整體效果依然大同小異。我慢慢開始認為，如果自己再聽得仔細一點，就能分辨出聲音與聲音之間的不同，即便聽得不是很清楚，但至少能符合最新的假設。無論如何，我都必須擴大目前的探索區域。所以我沿著通道回到底下的堡壘廣場，聽聽看這裡有沒有任何動靜。——奇怪了，這裡也聽得見同樣的聲音。那是一些微不足道的小動物正在挖土的聲音，牠們卑鄙地利用我不在的時候進行這些可惡的活動，但其實沒有針對我的意思，只是單純忙著自己的事，只要沒有受到阻礙，牠們就會遵循既定的方向，這一切我都很清楚，但我還是無法理解，牠們居然敢直接推進到堡壘廣場旁邊，這件事讓我很煩躁，也擾亂了我在工作時非常需要的理智。我不想在這方面加以區分：究竟是因為堡壘廣場所在的位置真的太深，還是因為堡壘廣場的範圍太大、氣流太強，讓那些挖土的東西不敢越雷池一步？或者只是因為遲鈍的牠們不知道從哪裡聽說這裡確實是一座堡壘廣場？不管怎麼說，我到目前為止都還不曾在堡壘廣場的牆壁中觀察到挖土的現象。這裡的氣味非常濃厚，很多動物都會被吸引過來，我也會固定在這裡打獵，牠們從上面不曉得哪個地方挖洞進入我的通道，雖然心裡忐忑不安，但是吸引力實在太大，所以牠們都會延著通道走下來。但是牠們現在連在通道裡都會挖洞了。如果我當年有稍微執行一下自己年輕或初出茅廬時最重要的幾個計畫就好了，或是說，如果我有力氣執行的話，畢竟我總是有心無力。其中一個我最愛的計畫是，把堡壘廣場從周圍的泥土隔開來，亦即只留下和我身高相對應厚度的牆壁，再沿著堡壘廣場的外圍，除了少部分無法從泥土隔開的地基之外，開闢出一個像牆壁一樣的空間。在我的想像中，這個空間會是我有史以來住過最棒的地方，而且我的想法應該不會錯。我可以掛在彎曲的地方，把自己拉上去，再讓自己滑下來，翻幾個跟斗，然後再穩穩地站起來，這些遊戲都在堡壘廣場的本體上進行，但是不會進入真正的廣場裡面。既可以避開堡壘廣場，讓它暫時離開自己的視線，把見到它的喜悅往後延到下一個小時，同時又不用失去它；而是可以在形式上把它抓在爪子中間，要是堡壘廣場只有平常那個出入口，就不可能這麼做了。但最主要是可以從這裡守衛整座堡壘廣場，這樣就能彌補因為看不見它而帶來的不利，如果要我選擇住在堡壘廣場還是這個空間，那我這輩子都會選擇住在這個空間，只是會一直在這裡走來走去，藉此保衛整座堡壘廣場。如果是這樣的話，牆壁裡就不會有聲音了，也不會有人敢狂妄地挖洞挖到廣場旁邊，然後就能保障那裡的歲月靜好，我也會搖身變成和平的守門人。這樣一來，我就不用帶著厭煩的心情去聽小動物挖洞的聲音，而是可以滿心歡喜地享受我現在完全錯過的事情：堡壘廣場裡如痴如醉的寧靜。

然而這一切的美好都不存在，我還是必須回到我的工作。這項工作和堡壘廣場有直接相關，這就已經讓我很開心了，也對我帶來很大的鼓勵。雖然這項工作剛開始看起來好像沒什麼，但是事實不斷證明，我必須用盡全力才有辦法勝任。我現在得把堡壘廣場的每道牆壁都聽過一遍，無論我聽到哪裡，上面還是下面、牆面還是地面、入口還是裡面，每個地方、每個地方傳來的都是同樣的聲音。長時間專注在那個斷斷續續的聲音需要花掉多少時間、耗掉多少精力。如果想要的話，還是可以透過自我欺騙來稍微安慰自己，畢竟這裡是堡壘廣場，和通道不一樣，這裡地方夠大，只要不把耳朵貼在地面，就不會聽見半點聲響。我經常試著這麼做，只為了讓自己能休息一下，也為了讓自己恢復理智，我會很用力地聽，然後開心自己沒有聽見任何聲音。但是說真的，到底發生了什麼事？面對這個現象，我最初的那幾個解釋通通不成立了，但是其他可能的解釋我也沒辦法接受。有人可能會覺得，我聽見的正是那隻小傢伙在工作中發出的聲音，但是這個說法大概會和所有經驗產生矛盾。就算聲音一直存在，但我不可能突然開始聽得見自己從來沒有聽過的聲音。隨著待在巢穴的歲月愈來愈長，我對干擾也許變得愈來愈敏感，但是我的聽力絕對不可能變得更敏銳。況且，那隻小傢伙的本質就是讓人聽不見。不然我怎麼有辦法受得了牠？就算冒著餓死的危險，我也會把牠除掉。不過，我的腦海裡突然飄過一個想法，發出聲音的也許是一種我還不認識的動物。這也是有可能的。雖然我已經觀察很久這裡的生活，而且也觀察得夠仔細，但是下面的世界真的什麼都有，各種讓人措手不及的事情也從來沒有少過。但是突然闖進我地盤的應該不會只有一隻，肯定是一大群，而且這群動物的體型應該比小傢伙還要大，畢竟聽得見牠們發出的聲音，不過應該也沒有大多少，因為牠們工作的聲音也很微弱。也就是說，牠們可能是一群未知的動物，一個不斷遷徙的群體，只是剛好經過對我造成干擾，但牠們的隊伍很快就會離開。所以我可以默默等待就好，不用再去做什麼多餘的工作。但如果真的是陌生的動物，為什麼我看不見牠們？為了逮到牠們，我已經挖了這麼多條坑道，但還是什麼都沒找到。我突然想到，是不是牠們的體型真的非常小，比我知道的動物都要小很多，只是牠們發出的聲音比較大而已。所以我又把挖出來的泥土檢查了一遍，我把土塊往上拋，讓它們碎成一小塊一小塊，但是發出噪音的傢伙也沒有在裡面。我慢慢意識到，光是這樣隨機亂挖是沒辦法達到任何效果的，只會把巢穴的牆面挖得到處是洞，東挖一點、西挖一點，又沒有時間把土填回去，許多地方的土堆已經擋住去路和視線了。只不過，這對我也沒造成太大的困擾，我既不能走來走去，又不能看東看西，也不能好好休息，所以我常常工作到一半就在某個洞裡睡著了，其中一隻前腳的爪子還卡在上方的土裡，我本來是想在半夢半醒之間挖一塊下來的。我現在要改變我的做法，擺脫所有理論，朝聲音的方向挖一條真正的坑道，直到找出真正的原因之前，我都不會停下來。然後我會在自己的能力範圍內消除聲音的來源，如果我做不到的話，至少能確定聲音的來源到底是什麼。確認的結果可能會讓我感到安心，也可能會讓我陷入絕望，但無論結果是什麼，都是合理且無庸置疑的。這個決定讓我整個人都好了起來。我覺得自己到目前為止做的一切都太過急躁。剛從地面回到巢穴，心還沒有靜下來，既沒有擺脫上面世界的各種憂慮，也還沒有融入巢穴的平靜生活，離開巢穴太久，變得有點過於敏感，只不過遭遇一件不得不承認的特殊現象，就讓自己失去理智。那到底是怎麼回事？不過是每隔一陣子才稍微聽得見的嘶嘶聲，其實根本什麼都不是，我也不是要說要習慣它的存在；不，習慣應該是沒有辦法，但是可以暫時什麼都不用做，只要先觀察一陣子就好，意思是，每隔幾個小時偶爾聽一下，然後耐心地把結果記錄下來，但不要像我一樣用耳朵沿著牆壁到處亂聽，然後一聽見聲音就馬上開挖牆壁，不是真的想要找到什麼，而是想做些什麼應對內心的焦躁不安。我希望自己不要再這麼做了，但是我又希望自己再繼續這麼做下去，——我對自己很生氣，只能閉著眼睛向自己坦白——因為我的內心依然和前幾個小時一樣焦躁不安，如果不是理智把我攔住，我最想做的事情大概就是跑到某個地方，不管那個地方聽不聽得見聲音，我都會遲鈍、執拗地只為了挖土而挖土，幾乎就像那隻小傢伙，牠的挖土要不是沒有任何意義，要不就只是因為牠靠吃土維生。新的計畫很合理，但是它既吸引我又不吸引我。這項計畫本身沒有什麼好挑剔的，至少我想不到反對的理由，而且根據我的理解，這項計畫絕對會達成目標。儘管如此，我骨子裡還是不相信這項計畫，所以根本不害怕它可能會帶來嚇人的結果，我甚至不相信結果會有多可怕。沒錯，在我看來，自從那個聲音第一次出現，我就已經想到要挖一條前後貫通的坑道，只是因為我信不過它，所以到現在都還沒開始動工。我當然還是會開始挖掘坑道，因為我別無選擇，但是我不會立刻開工，而是會把開工日期稍微往後挪。如果理智應該重新得到尊重，那就應該完全尊重理智的決定。我不會急著一頭栽進這項工作。無論如何，我會先把之前東挖西挖造成巢穴受損的地方修好，這會花上不少時間，但這是必要的。如果新的坑道真的有辦法達成目標，那應該會是一條很長的通道；如果沒辦法達成，那就會是一條永無止境的通道。無論如何，這項工作都意味著要長時間不在巢穴裡面，雖然不會像在上面世界那麼糟糕，我可以隨時中斷，回家看一看。就算我不這麼做，堡壘廣場的空氣還是會向我吹來，在我工作的時候圍繞著我。但畢竟還是要離開巢穴，只能把自己交給說不準的命運帶領，所以我想把身後的巢穴打理好，不能讓人說我為了巢穴的安寧而奮鬥，卻自己打亂了它的安寧，又不把它恢復原狀。於是我開始把土填回洞裡，我很熟悉這項工作，已經做過無數次，做到最後根本沒有意識到自己正在工作，尤其是最後的壓土與填平——這絕對不是在自賣自誇，而是事實如此——，沒有人能做得比我好。但是這一次我卻覺得很困難，我太心神不寧了，常常做到一半就把耳朵貼在牆上，專心地聽，絲毫不在意腳下才剛挖起來的泥土正緩緩地滑回斜坡。最後的美化工作需要更加全神貫注，我幾乎無法完成。醜陋的隆起、擾人的裂縫，更別說就整體而言，修補成這樣的牆面已經不可能出現昔日漂亮的流線了。我試著安慰自己，這只是初步工程而已。當我回到這裡，天下再次太平，我會針對這一切進行最終的改善工程，到時所有事情都能在瞬間完成。是的，童話裡的一切都能瞬間完成，而我的自我安慰也是一種童話。比較好的做法是，現在就立刻把工作好好做完，這樣總勝過一再中斷工作、在通道裡走來走去、不斷確認還有哪裡聽得到聲音，雖然後面這些事情真的比較容易，因為什麼都不用做，只要隨便站在一個地方，然後專心聽就好了。而且我還有其他沒什麼用的新發現。有時候我會覺得那個聲音已經停止了，因為真的已經很久沒有再出現，有時候事情可能會是這樣，因為血液在耳朵裡撲通作響，讓人漏聽了一次嘶嘶聲，於是兩次間隔接在一起，瞬間就會讓人以為嘶嘶聲就此結束了。

如果有人這麼想，他就不會再聽下去了，反而會高興地跳起來，生命就此翻轉，彷彿開啟了一道新的泉源，巢穴的安寧正從裡面流瀉而出。這個人很小心，沒有立刻去驗證他的發現，他想要先找到一個可以無條件信任的人，然後把這項發現透露給對方知道，他小跑步回到堡壘廣場，此時此刻的他已經覺醒、重獲新生，這才想起自己很久沒吃東西了。於是他從半埋在泥土下的存糧中隨便挖了一點東西出來，一邊狼吞虎嚥，一邊跑回驚奇大發現的現場，他想要趁著吃東西的時候順便再去快速確認一下，他仔細一聽，但光是這樣隨便聽一下，馬上就發現自己弄錯了，丟臉丟大了，遠方依然傳來始終如一的嘶嘶聲。他把食物吐了出來，在地上用力踩，然後回去工作，但是又不知道要做什麼。只要是有工作的地方都好，而且這種地方很多，於是他開始機械性地反覆作業，彷彿有人在現場監工，而他必須在對方面前費力演出。但是他才剛這麼做了一下子，可能又會有新的發現。聲音似乎變大聲了，當然不至於變得非常大聲，只有一點點細微的差異而已，不過已經大聲到可以讓耳朵清楚地聽得見。而且聲音變大聲的原因似乎是因為變得愈來愈靠近，不只可以聽得出來，更簡直可以看見它一步步走過來的樣子。他連忙從牆邊跳開，試圖一眼掌握這個發現可能導致的所有後果。他有一種感覺，彷彿自己從來不曾真的將巢穴建設成一座防禦工事，他是有這麼想過，但是撇開種種生活經驗不談，他覺得這裡受到攻擊的危險微乎其微，所以也沒有打算要建設防禦工事——也不能說沒有打算（想也知道不可能！），但是在優先順序上排在安穩過活所需要的設施後面，所以這座巢穴處處都以生活為優先。不過，其中有許多地方其實是可以朝著防禦工事的方向建設的，而且不會影響到整體結構，只是不曉得為什麼就是沒有做。這些年來我實在幸福，這也真的把我寵壞了，我曾經不安過，但是幸福中的不安並不會讓人採取任何行動。

眼前的當務之急，應該是要去檢查一下巢穴的防禦設施和所有想像得到的防禦手段，制定出一套防禦與相關的建設計畫，然後像個年輕人一樣立刻動工。這些都是必要的工作，附帶一提，雖然為時已晚，但是這些工作確實必要，絕對不要再挖一條研究用的坑道，研究用的坑道毫無防禦能力，只能用來尋找危險，像是在擔心危險本身來得不夠快似的，十分可笑。我突然不懂自己之前都在計劃些什麼了。在我以前覺得理所當然的計畫裡面，我找不到任何一點說得過去的地方，於是我放下手邊的工作，也不再去聽那個聲音，我現在不想再發現任何聲音變強的跡象，我已經受夠這些發現了，我放掉手邊的一切，如果我可以讓自己的內心得到平靜，那我就心滿意足了。我又再次沿著通道漫無目的地走，走得愈來愈遠，走到那些我回來之後就沒有去看過的通道，有些甚至連我挖土用的前爪都沒碰過。當我來到這裡，這些通道內的靜謐便醒了過來，紛紛籠罩在我身上。但我並沒有沉溺在其中，只是匆匆穿過去，我完全不曉得自己在找什麼，大概只是想拖延時間而已。我愈走愈迷路，最後竟走到了迷宮，我很想跑去苔蘚那裡聽聽看外面有什麼動靜，我對遙遠的事物很有興趣，尤其是對當下而言非常遙遠的事物。我使勁擠到最上面去，聽聽看那裡有什麼動靜，結果萬籟俱寂。這是多麼美好，沒有人在乎我的巢穴，每個人都在忙著做自己的事情，而且全都與我無關。一直以來，我想實現的就是這個目標。苔蘚這裡大概是巢穴目前唯一可以讓我平白無故花好幾個小時專注聆聽的地方。——情況完全顛倒過來，至今為止最危險的地方變成了最安全的地方，堡壘廣場反而捲入了世界與危險的吵鬧聲中。更糟的是，這裡其實也不平靜，這裡並沒有任何改變，無論是安靜還是吵雜，危險仍然像以前一樣埋伏在苔蘚的上方，但我對危險已經沒那麼敏感了，我的精力全都耗在牆壁裡的嘶嘶聲。我有耗在那裡嗎？嘶嘶聲變得愈來愈大聲、變得愈來愈靠近，而我卻穿過迷宮，躺在苔蘚底下，簡直就像我已經把房子讓給那個發出嘶嘶聲的傢伙。彷彿我只要在上面這裡得到些許的平靜，這樣就心滿意足了。讓給那個發出嘶嘶聲的傢伙？難道我對聲音的來源有了新的看法嗎？聲音不是來自那隻小傢伙挖出來的溝渠嗎？這不是我既定的看法嗎？我的看法應該還沒有改變才對。就算聲音不是直接從那些溝渠傳出來的，也一定和那裡有什麼間接關係。要是那個聲音真的和溝渠沒有任何關係，打從一開始就沒辦法進行任何假設了，只能等待，等到把原因找出來為止，或是等到原因自己浮現。不過，現在還是可以試著隨意提出各種假設，就當作是在玩，例如可以說遠處有個地方漏水了，所以我聽到的口哨聲或嘶嘶聲，其實是水在流動的聲音。但是，姑且不論我完全沒有這方面的經驗——最早挖到的地下水立刻就被我排出去了，這片砂質地後來沒有再出現過水的蹤影——，姑且不論到底是不是水，再怎麼說那都是嘶嘶聲，不能硬說成是水流的聲音。但是不斷提醒自己冷靜也沒有幫助，想像力怎麼樣都停不下來，我仍然堅定地認為——否認也沒有用——，那個嘶嘶聲是動物發出的聲音，而且不是許多小動物的聲音，而是來自一隻大型動物。有些事實並不支持這個假設，像是到處都聽得見那個聲音、永遠保持相同的音量，而且日日夜夜都會規律地出現。沒錯，最初一定會比較傾向支持有許多小動物的假設，但如果是這樣的話，我在挖掘的時候肯定就能找到牠們的蹤影，但是我怎麼挖都找不到，所以就只剩下大型動物的假設了，而且看似不符合這個假設的事情，都沒辦法排除這隻動物存在的可能，只會讓這隻動物變成超乎想像的危險。就是因為這樣，我之前才會那麼抵抗這個假設，但是我現在不想再繼續自我欺騙了。長久以來，我時不時就會浮現出一個天馬行空的想法，之所以距離這麼遠還可以聽得見，會不會是因為牠都卯起來工作，挖土挖得十分迅速，就像在空曠的通道裡散步一樣，而且牠挖土的時候，大地都會跟著震動，雖然已經挖完了，但是震動的餘波和牠工作時發出的聲音在遠處結合在一起，我才會到處都聽見同樣的聲音，而且也只聽得到聲音末端逐漸消失的部分。再加上那隻動物並沒有朝著我的方向走來，所以聲音並沒有產生任何改變，反而像是有個計畫，只是我看不出計畫的意義何在，所以我只能假設，這隻動物，儘管我不敢斷言牠知道我的存在，正在包圍我，而且自從我開始觀察牠以來，大概已經沿著我的巢穴繞了好幾圈。——這個聲音的類型，無論是嘶嘶聲還是口哨聲，也讓我產生了許多想法。如果我按照自己的方式挖土，聽起來的聲音就是不一樣。對於嘶嘶聲，我只能向自己這麼解釋，那隻動物挖土的工具不是爪子，牠的爪子也許只是用來輔助的，主要還是靠牠的口鼻部或長鼻子，而且牠的鼻子除了力大無窮，應該也有一點銳利的地方。牠大概只需要用鼻子向地面大力撞一下，就能挖出一大塊土，這段期間內我聽不見任何聲音，這就是間隔的由來，但牠接著牠會吸氣，準備再撞第二下。牠吸氣的聲音肯定非常大聲，大聲到會撼動地面，不只是因為牠身強體壯，也是因為牠的動作非常迅速，很投入在工作裡面，而這個聲音就是我微微聽見的嘶嘶聲。不過我還是不明白，牠怎麼有辦法不停地工作。也許中間的小間隔能提供稍微休息一下的機會，但是牠好像還不曾真的休息過，日以繼夜都在挖土，總是保持同樣的力量與活力，眼裡只有這項必須用最快速度執行的計畫，牠也具有一切能將計畫實現的能力。好吧，我從來沒能預料會遇到這樣的敵人。但是，先不論牠有多麼特別，現在發生的事情是我其實一直以來都該害怕、也應該要提早做好準備的：有人接近了！長久以來，我怎麼都有辦法過得如此歲月靜好？是誰幫我把敵人引開，讓牠們遠遠就繞開我的領地？為什麼我一直被保護得那麼好，導致我現在嚇了一大跳？與眼前這個危險相比，我花這麼多時間思考的小危險又都算得了什麼！身為巢穴的主人，我會希望自己有足夠的優勢面對即將到來的敵人嗎？這座巢穴又大又脆弱，正因如此，身為這裡的主人，我深知自己在面對嚴重攻擊的時候毫無任何防衛能力。擁有這座巢穴的幸福感把我寵壞了，巢穴的脆弱也讓我變得很敏感，任何受損的地方都會讓我感到切膚之痛，彷彿是我自己受了傷一樣。我應該要提早認知到這件事情的，不光要想到怎麼保障自己的安全——而且連這件事我都做得如此草率又沒結果——，也要想到怎麼保衛這座巢穴。首先最該做的應該是預防措施，讓巢穴的各個部分在受到攻擊的時候，都能在最短的時間內透過倒土掩埋，將自己和受威脅程度較小的部分隔離開來，而且可以這樣進行隔離的部分愈多愈好，這樣攻擊者就完全想像不到後面其實才是真正的巢穴。此外，倒土掩埋的用意也不只是要把巢穴隱藏起來，也是要把攻擊者埋在土裡。我不曾為此做過任何準備，真的什麼都沒有，在這方面完全沒有過任何準備，我從前就像小孩一樣輕率，成年歲月全都在孩子般的遊戲裡度過，就算有想到什麼危險，也都只是想想而已，我錯過時機了，從來沒有認真思考過真的遇到危險該怎麼辦；而危險的警示從來就不曾少過。

話說回來，其實不曾發生過像現在這種等級的危險，不過剛開始修築這座巢穴的時候，確實有過類似的事件。主要的差別在於，那是剛開始修築的時候……我當時還是個小學徒，還在建造第一條通道，就連迷宮也還只有一個雛型而已，我剛挖好了一座廣場，但是廣場的規模和牆壁的施工都是失敗的；總之，剛開始的一切都只能算是個嘗試，一旦失去耐心，就算突然全面停工也不會感到惋惜。當時發生了一件事，我工作到一半正在休息——我這輩子真的休息太多次了——，躺在土堆中間，突然聽見遠方傳來一個聲音。我當時還很年輕，與其說那個聲音讓我感到害怕，不如說勾起了我的好奇心。我放下手邊的工作，開始全神貫注地聽，至少我有去聽，而不是跑到上面的苔蘚那裡伸個懶腰，假裝沒有這回事。至少我聽了。我可以分辨得出來，那是挖洞的聲音，就像我自己挖洞發出的聲音，聽起來比較小聲，但其中有多少距離的因素就不得而知了。我很緊張，但是依然保持冷靜。我心想，也許我跑到了陌生的巢穴，而這個巢穴的主人正朝著我的方向挖過來。如果這個假設是正確的，那我馬上就會搬走，換到另一個地方蓋巢穴，因為我從來不喜歡占領別人的地盤，也沒有興趣對別人進攻。我當時還很年輕，也還沒有巢穴，所以當然可以保持冷靜。而事情的後續發展也不至於讓人有多大的反應，只是比較不好解釋而已。如果正在挖洞的那位真的朝我衝過來，而且原因是聽見我也在挖掘，那就無法確定牠為什麼要轉向，就像現在一樣。是因為我的休息讓牠頓時失去立場，還是因為牠自己改變了心意？不過也可能是我根本搞錯了，牠從來就沒有要針對我的意思。無論如何，那個聲音增強了一陣子，彷彿靠得愈來愈近，當時的我還很年輕，就算看到挖土的傢伙突然從土裡冒出來，搞不好也不會因此感到不滿，但結果什麼事情都沒有發生。從某個時間點開始，那個挖洞的聲音就減弱了，變得愈來愈小聲，那個挖洞的傢伙似乎正在慢慢調轉牠最初的方向，然後突然完全中斷，彷彿牠下定決心要往反方向前進，於是便頭也不回地離我遠去。我朝那個方向專心聽了好一陣子，確定什麼都聽不見，這才重新開始工作。是吧，這個警示已經夠明顯了，但我很快就忘了這件事，而這件事也幾乎沒有對我的巢穴造成任何影響。

從當時到現在，我的青春年華都已經過完了，但怎麼一切看起來好像都沒有改變？我還是會工作到一半就停下來休息，然後貼著牆壁仔細聽，那個挖洞的傢伙最近改變了牠的想法，調頭過來，準備踏上歸途，他認為自己已經留給我夠久的時間去準備迎接牠的到來了。但是我這裡的準備甚至比當年還要少，因為巢穴很大，又沒有防衛措施，而且我也不再是小學徒了，已經是個年邁的建築師，僅存的力量已經無法幫助我做出任何決定，但不管我年紀多大，我似乎都希望自己的年紀還可以再大一些，老到完全動彈不得，只能躺在苔蘚底下的床上休息。因為我其實已經受不了這裡了，彷彿這裡只會讓我憂心，沒辦法帶給我平靜，於是我站起來，飛快地回到下方的房子裡。——事情最後怎麼了？嘶嘶聲有變小嗎？沒有，反而變得更大聲了。我隨機挑了十個地方，仔細一聽，才發現其實是自己弄錯了，嘶嘶聲還是一樣，沒有任何改變。對面那一頭沒有發生任何變化，平靜安穩，絲毫不受時間影響，這一頭則是時時刻刻都在摧殘著專注聆聽的人。我又沿著長長的通道回到堡壘廣場，我覺得周圍的一切都很激動，似乎都在看著我，又似乎看了一眼就撇過頭去，以免打擾到我，然後再次努力想從我臉上看到能帶來拯救的決定。我搖搖頭，還是做不了決定。我也沒有前往堡壘廣場去執行某個計畫。我從原本想要挖一條研究坑道的地方走過，再次考察了一番，這裡很可能是個好地點，坑道會通往最多通風孔彙集的地方，這樣就可以為我減輕很多工作的負擔，搞不好我根本就不用挖得那麼遠，不用挖到聲音的來源，也許只要把耳朵靠在通風孔就夠了。但是沒有哪個想法強到鼓勵我動手開挖。這個坑道的用意是為了讓我的猜想得到證實嗎？我已經到了完全不想確認任何事情的地步了。我在堡壘廣場上選了一塊去皮的上等紅肉，帶著它躲進其中一個土堆裡面，只要這裡還是安靜的，那裡就一定會是安靜的。我拿著那塊肉又舔又咬，一下想到那隻從遠方前來的動物，一下又想著，只要還有可能，我就應該要盡情地享受這裡的糧食，這大概是我目前唯一可行的計畫。除此之外，我也正在試著猜出那隻動物的計畫是什麼。牠是在遷徙呢？還是在修築牠自己的巢穴？如果牠在遷徙，那我和牠也許有取得共識的可能。如果牠真的闖到我這邊來，那我會給牠一些糧食，牠就會走了。大概吧，牠就會走了。我當然可以在我的土堆裡繼續做夢，夢裡什麼都有，包括夢到和牠取得共識，雖然我很清楚這種選項在現實中並不存在，我們見到彼此的那一刻，甚至只要我們雙方感受到彼此就在附近，就算我們都吃得很飽，也會馬上像餓虎撲羊一樣，沒有誰先誰後，同時張開尖牙利爪，不顧一切地撲向對方。而且這麼做也非常合理，就算是在遷徙好了，有誰可能在看到這座巢穴之後，不會改變自己的旅行和未來計畫？不過那隻動物也有可能是在自己的巢穴中挖洞，那我就不能夢想會和牠取得共識了。就算牠是一隻奇特的動物，牠的巢穴可以忍受旁邊還有鄰居，我的巢穴也沒辦法忍受，至少無法忍受會發出聲音的鄰居。不過那隻動物目前似乎還在很遠的地方，如果牠往回走一點，也許聲音就會消失了，也許一切就能恢復過往的美好，如此一來，這就只會是一次不好的經驗，但是也讓我獲益良多，促使我著手進行各式各樣的改善工程；如果我的日子過得天下太平，沒有迫在眉睫的危險，我應該還是有辦法勝任各種重要的工作，也許那隻動物會看到自己的工作能力似乎還可以為牠帶來莫大的可能，於是放棄把巢穴擴張到我的巢穴這裡，轉向另一個地方進行擴張。當然，這件事也沒辦法透過談判來實現，只能依靠那隻動物自己的理智，或是由我這邊施加壓力迫使牠這麼做。無論是哪一種情況，關鍵都在於那隻動物知不知道我的存在，以及牠知道什麼。我愈是思考這件事情，愈是覺得那隻動物不可能聽得見我的聲音，即使我無法想像，牠還是有可能透過某些消息聽說過我的存在，但是牠大概不曾聽過我的聲音。只要我不知道牠的存在，牠根本就不可能聽得見我，因為我的行動很安靜，天底下沒有任何事情比我再見到巢穴的時候還安靜。後來我挖了幾條試驗用的坑道，雖然我挖洞的方式只會產生非常微弱的噪音，不過那大概是牠最有可能聽見我的時候；但如果牠聽得見我，我一定也會有所察覺，牠一定也會工作到一半就停下來聽聽看有什麼動靜才對。——但是，一切都沒有任何改變。——

在律法之前

Vor dem Gesetz

本篇寫於1914年，1915年首次發表於週刊《自衛》（*Selbstwehr*），後來收錄於1919年出版的短篇集《鄉村醫生》（*Ein Landarzt*）中。《審判》（*Der Prozeß*）的第九章裡也出現了這篇故事。

在律法之前站著一位守門人。有個男子從鄉下來到守門人面前，求他讓自己進入律法。但是守門人說，他現在不能讓他進去。男子思考了一下，接著問，所以他之後就可以進去了嗎？「有可能，」守門人說，「但是現在不行。」因為通往律法的門就像往常一樣開著，而且守門人又退到一側，所以男子彎下身來，想看看門裡面的模樣。守門人注意到了，笑著對他說：「如果它這麼吸引你，何不試著違抗我的禁令走進去。但是你要知道，我很強，而且我只是最下層的守門人。每個廳都站著一位守門人，而且一個比一個還強，我自己連第三位的尊顏都承受不住。」鄉下來的男子沒有想到居然會這麼困難；他心想，律法應該要永遠開放給每個人才對，但是他仔細端詳了一下這位穿著毛皮大衣的守門人，看著對方的鷹鈎鼻，還有細細長長、像韃靼人一樣的黑色鬍子，他決定還是繼續等下去，直到對方允許他進去為止，這樣比較好。守門人給了他一把凳子，讓他坐在門旁邊。日復一日，年復一年，他都坐在那裡。他也做過好幾次嘗試，不斷對守門人進行疲勞轟炸，拜託對方讓他進去。守門人常常對他進行簡短的詰問，問他的家鄉，還有其他許多事情，但都是一些大人物在問的問題，無關痛癢，而且到最後他總是會說，他現在還沒有辦法讓他進去。男子為這趟旅程帶了許多東西，他把一切都用來賄賂守門人，再貴也無所謂。雖然守門人什麼都拿，但是他總是說：「我之所以會拿，只是為了讓你不要覺得自己疏忽了什麼事情。」男子觀察了守門人好多年，幾乎不曾間斷，他早就忘了其他守門人的存在，似乎覺得第一位守門人就是讓他無法進入律法的唯一阻礙。他咒罵這個不幸的偶然，頭幾年罵得非常大聲、肆無忌憚，後來上了年紀，只能自顧自地咕噥抱怨。他變得愈來愈幼稚，而且因為他長年研究守門人，甚至結識了對方大衣領子裡的跳蚤們，他還拜託這些跳蚤幫他一起說服守門人改變想法。最後，他的視力也漸漸衰退了，他不知道周圍到底是真的變暗，還是他的雙眼蒙蔽了他。他在黑暗中看見律法之門傳來一道永不熄滅的光。只是他現在也活不久了。臨死之前，這些年的經驗在他的腦海中集結成一個他至今尚未問過守門人的問題。他向守門人招手，因為他的身體已經僵硬到站不直了。守門人必須彎低身子，不然他們之間的身高差距已經變得對這位男子非常不利。「你現在到底還想知道什麼？」守門人問，「你真是無法滿足。」「所有人都在追求律法，」男子說：「但是為什麼這麼多年來除了我，就沒有其他人提過想要進去的要求？」守門人看出男子已經來到生命的尾聲，為了讓他衰退的聽力能聽得見，他大聲對他吼道：「這裡沒有別人可以進得去，因為這個入口是專為你設計的。我現在要走了，然後我會把門關上。」

女歌手約瑟芬或老鼠族群

Josefine, die Sängerin oder das Volk der Mäuse

本篇寫於1924年3月，為卡夫卡生前完成的最後一篇作品。收錄於1924年8月出版的短篇集《飢餓藝術家》中。

我們的歌手叫做約瑟芬。沒有聽過她唱歌的人，就不會知道歌唱的力量有多大。沒有人不被她的歌聲所吸引，這件事很了不起，尤其是我們這個族群完全不愛音樂。我們最愛的音樂就是歲月靜好。我們的生活很困難，就算我們試著擺脫一切日常煩惱，我們還是沒辦法再去碰那些離我們生活如此遙遠的上流玩意，例如音樂。但是我們不會有過多的抱怨，我們還不至於如此。我們認為自己最大的優點就是具有某種生活智慧，而且我們也迫切需要這種智慧的幫助，才能對一切一笑置之，即使我們有朝一日——但是不曾發生——可能也會想要擁有音樂帶來的幸福。只有約瑟芬是個例外。她很愛音樂，也懂得怎麼傳播音樂，她是獨一無二的。如果她走了，音樂也會從我們的生命中消失——誰也不知道什麼時候會再出現。

我常常在想，她的音樂到底是怎麼回事。畢竟我們完全不諳音律，我們怎麼有辦法聽得懂約瑟芬在唱什麼，或至少自以為懂，因為約瑟芬不認為我們有辦法理解她的音樂。最簡單的答案可能是因為她的歌聲太美了，美到就連最遲鈍的感官也無法抗拒，但這個答案不是很能讓人滿意。如果她的歌聲真的美成這樣，那聽她唱歌的時候應該會先出現某種異乎尋常的感覺，感覺從她喉嚨裡傳出來的是某種我們不曾聽過、也沒有能力聆聽的聲音，而且會覺得除了約瑟芬，沒有人能讓我們聽見這種聲音。但我個人認為事情並非如此，我沒有這種感覺，也不曾注意到誰有過相同的感受。我們私底下也會彼此承認，約瑟芬的歌聲沒有什麼特別的地方。

那算是唱歌嗎？雖然我們不諳音律，但還是有幾首歌流傳下來，古時候我們是個會唱歌的族群，不只傳說有提及，甚至還有幾首歌留存至今，只是現在已經沒有人會唱了。也就是說，我們大概想像得到唱歌是怎麼一回事，但是約瑟芬的藝術和我們想的不一樣。那算是唱歌嗎？也許只是在吱吱叫？不過我們都知道什麼是吱吱叫，那是我們這個族群最根本的技藝，或者也不能說是技藝，而是一種獨特的表達生命的方式。我們所有人都會吱吱叫，但是沒人想過要把它冒充成一門藝術。我們不會去注意自己在吱什麼，吱得不知不覺，連我們之中都還有許多人不知道吱吱叫是我們的特殊之處。如果約瑟芬真的不是在唱歌，而只是在吱吱叫，甚至——至少我自己這麼覺得——也沒有比普通人高明多少，——或許她的力量也不足以像普通人那樣吱吱叫，尋常的挖土工人都可以一邊工作一邊吱吱叫，從早到晚，完全不費吹灰之力——，如果她真的只是在吱吱叫，就不能說她是藝術家，但也就更難解釋為什麼她會有那麼大的影響力了。

不過她做出來的音樂真的不只是吱吱叫。如果站得離她遠一點，讓她的歌聲與其他聲音混雜在一起，然後試試看自己能不能認得她的聲音，難免會覺得她的聲音只是普通的吱吱聲，頂多就是多了一些情感和柔弱。但如果站在她面前，那就不只是吱吱聲了。要瞭解她的藝術，不能只有聽她唱，也必須看著她唱。就算她唱的只是我們日常發出的吱吱聲，人們還是會覺得很特別，居然會有人裝得那麼莊嚴隆重，只為了做我們平常就在做的事。開核桃真的不是一門藝術，所以也不會有人敢把一群觀眾叫過來，然後在他們面前表演怎麼把核桃撬開。如果有人還是這麼做了，而且做得非常成功，那事情肯定就不會只是開核桃這麼簡單。或是說，他的確是在開核桃，只是因為我們已經完全掌握開核桃的技術，所以沒有把這門藝術放在眼裡。直到這位新的敲核桃人出現，才向我們展現出這門藝術的本質，甚至如果他核桃開得沒有多數人熟練，效果反而會更好。

也許約瑟芬的歌聲也是類似的道理。同樣一件事情，她來做就能獲得我們的滿堂采；可是換成我們自己做，就不會有人覺得了不起。順帶一提，她在這方面和我們的看法一致。有一次，我親眼看見有人向她展示我們的民俗技藝，這種事很常發生，雖然那個人表現得非常謙遜，但是對約瑟芬來說已經太超過了。我還不曾看過她露出如此輕佻又高傲的微笑。她的外表看起來柔情似水，就算我們這個族群美女如雲，她的嬌柔依然非常吸睛，但是她聽到那個人說的話之後，一下子變得粗鄙了起來。順帶一提，她這個人是這麼敏感，她自己很可能也知道這一點，只是在故作鎮定而已。無論如何，她都不會承認自己的藝術和吱吱叫之間有什麼關聯。她鄙視那些抱持相反意見的人，心裡很可能還默默對他們帶有恨意。這不是普通的虛榮心作祟，因為我也算半個反對派，我知道這些人對她的讚美肯定不亞於一般大眾，但約瑟芬不只想要眾人的讚美，更想要眾人都按照她規定的方式讚美她，單純的讚美對她而言沒有任何意義。如果坐在她面前，就能理解她在做什麼，只有離得遠遠的人才會形成反對派；如果坐在她面前，就會知道她的吱吱叫不是吱吱叫。

因為吱吱叫是我們的習慣，不用經過大腦思考，所以大家可能會以為約瑟芬的聽眾也會跟著一起吱吱叫。她的藝術會讓我們感到身心舒暢，當我們感到身心舒暢，我們就會開始吱吱叫。但是她的聽眾不會吱吱叫，每隻老鼠都靜悄悄的，彷彿我們已經得到渴望已久的平靜，而我們自己的吱吱聲只會妨礙我們進入這種狀態，於是我們一聲不吭。讓我們那麼如痴如醉的究竟是她的歌聲，還是微弱歌聲四周的寧靜莊嚴？有一次，有個呆呆的小女生在約瑟芬唱歌的時候不知不覺開始跟著吱吱叫，簡直和我們從約瑟芬口中聽到的一模一樣。儘管演出了那麼多場，舞台那裡的吱吱聲聽起來依然羞澀，而觀眾席這裡忘我的吱吱聲則是充滿童真。大概沒有辦法分出兩者的區別，但我們還是馬上把干擾表演的人噓了下去，雖然我們大可不必這麼做；就算我們沒有這麼做，當約瑟芬張開雙臂、把頭抬到不能再高，出神入化地唱起凱旋吱吱曲，這個小女生肯定會因為害怕和羞愧而跑去躲起來。

　　順帶一提，她總是這樣。如果表演時出現任何小狀況、任何偶發事件、任何不願意配合的行為、前排聽眾發出的聲響、磨牙的聲音、燈光故障，她都覺得剛好可以用來提高歌唱的效果，畢竟她認為自己演唱的對象是一群聾子，雖然聽眾一樣聽得很興奮並且報以掌聲，但是她早就不指望有人真的聽得懂她在唱什麼。

於是對她來說，任何干擾都來得正好，只要稍加對抗，或根本不用對抗，她就能戰勝所有牴觸她純淨歌聲的外來事物，藉此喚醒大眾，雖然沒辦法教會他們怎麼理解她的音樂，但至少可以讓他們意味深長地學會尊重。

小事如此，大事更不必說。我們的生活過得很不平靜，每天都會有意料之外的事情發生，各種擔心害怕，有希望，也有恐懼，如果沒有同伴在身旁日日夜夜的支持，沒有人可以獨力撐得下去。即便如此，日子往往還是很艱難，有時候就算上千個肩膀一起挑起同一份重擔，大家還是會重到不停發抖。約瑟芬認為這就是該她上場的時候了。身材嬌小的她站了出來，胸腔以下開始出現駭人的振動，彷彿她正在聚集唱歌的力量，彷彿全身上下無法直接派上用場的部位都會被抽乾，彷彿她赤裸裸地站在眾人面前，毫無遮蔽與掩護，只能仰賴神靈的保護，彷彿一股冷風吹過就會奪去她的性命，因為她會完全抽離自己，沉浸在歌唱之中。每次看到這種畫面，我們這些所謂的反對人士就會互相對彼此說：「她根本就不知道該怎麼吱吱叫。她必須把自己折磨到這種嚇死人的程度才有辦法擠出一些大家都會的吱吱聲，至於唱歌——就更別說了。」我們是這麼認為的，可是剛才也說過，雖然難免會這麼想，但這只是暫時的印象，很快地就連我們都沉醉在大眾的感覺之中，彼此靠著彼此，溫暖地、羞怯地、屏息聽著她的歌聲。

我們這個族群的大家總是靜不下來，常常為了莫名其妙的理由來回奔走，但是要把我們聚在一起，約瑟芬只要稍微抬個頭，嘴巴微張，眼睛看向天空，擺出打算要唱歌的模樣就行了。她可以在任何她想要的地方做這件事，不一定要在公眾場所，只要心血來潮，隱蔽的角落一樣合適。她想唱歌的消息很快就會傳開，然後馬上就會大排長龍。只不過，有時候還是會出現阻礙，約瑟芬總是喜歡挑在大家都很忙的時候，各種需要處理的狀況逼著我們在外奔波，就算再怎麼想，都沒辦法像約瑟芬希望的那樣快速聚在一起。就像今天，她大概已經用那個姿態站在那裡好一陣子，但是始終沒有湊齊足夠的聽眾——於是她大發雷霆，不斷跺腳、咒罵，完全不像個少女，甚至還會咬人。不過就算是這樣的行為也無損她的名聲，大家不會要她收斂一點，反而會努力配合她的要求，還會派人去把聽眾請來，而且不讓她知道。周圍的路上佈滿崗哨，示意前來的人趕緊加快腳步，這些行動會持續進行，直到湊足還可以的聽眾數量為止。

究竟是什麼讓這個族群為約瑟芬如此賣力？這個問題比較不容易回答，倒不如想想看約瑟芬的歌聲是怎麼一回事，畢竟兩者之間也有所關聯。如果有人可以宣稱我們這個族群是因為歌聲而無條件順服約瑟芬，應該就能把第一個問題刪掉，直接併入第二個問題。但事實並非如此。我們這個族群幾乎不曉得什麼叫作無條件的順服，這個族群最愛的就是無傷大雅的小聰明、童言童語的悄悄話、沒有惡意、只想動動嘴巴的說人閒話，這樣的族群再怎樣都不可能無條件順服一個人，約瑟芬大概也隱約有所感覺，所以她想用弱小的喉嚨努力克服這件事。

不過事情也不能說得那麼絕對，這個族群還是很聽約瑟芬的話，只是沒有那麼無條件而已。舉例來說，這個族群沒有辦法嘲笑約瑟芬。說老實話，約瑟芬其實有點好笑，而我們本身又很愛笑，雖然我們的日子過得那麼苦，但是我們的家裡總是會有一點小小的笑聲。可是我們不會嘲笑約瑟芬。我有時候會覺得，我們這個族群認為自己是約瑟芬的照顧者，她這麼脆弱、這麼需要保護、這麼出眾、又自認歌唱得那麼好聽，所以我們必須凡事為她著想，沒有人清楚箇中理由，只是事情看起來就是如此。大家不會嘲笑自己照顧的對象，不然就是違背自己的義務了。我們之中最惡毒的那群人對約瑟芬做過最壞的事情，就是說：「每次看到約瑟芬，我們就笑不出來了。」

也就是說，這個族群是用一種父親照顧孩子的方式照顧約瑟芬，孩子向他伸手——不曉得是請求還是要求。大家應該會認為我們這個族群沒辦法勝任這種父親般的義務，但是我們真的把她照顧得很好，至少在這件事情上。在這方面，大概沒有任何個人可以做到我們整個族群在做的事情。不過，族群的力量和個人的力量之間本來就差距甚大，我們只需要把照顧的對象拉到我們身邊取暖就夠了，但是沒有人敢對約瑟芬說這件事。「我對你們的保護嗤之以鼻。」她說。「對啦，對啦，妳是在嗤嗤叫。」我們心想。此外，如果她說了什麼叛逆的話，也不是真的在反駁我們的意見，比較像是小孩在鬧在撒嬌，身為父親的做法就是不要把這件事放在心上。

只不過這個族群和約瑟芬之間還有其他難以解釋的事情，因為約瑟芬抱持相反的看法，她覺得是自己在保護這個族群。她宣稱自己的歌聲會把我們從糟糕的政治或經濟處境裡拯救出來，而且還不止於此，就算她的歌聲沒辦法消除不幸，至少能給我們撐下去的力量。她口頭上是沒這麼說過，也不曾講過類似的話，而且她本來就很少說話，不像我們總是嘰嘰喳喳，但是從她的眼神可以看得出這個意思，就算她閉著嘴巴——我們很少有人可以把嘴巴閉上，但是她可以——，我們也讀得出這個訊息。只要有什麼壞消息傳出來——有時候更是接二連三，假的、半真半假的都有——，她就會立刻站起來，不像平常總是累倒在地上，她會站起身子、伸長脖子，就像牧羊人在暴風雨來臨前會察看他的羊群是否個個安好。誠然，小孩也會提出一些無理取鬧的要求，不過約瑟芬的要求不會像他們那麼莫名其妙。然而，她既沒有拯救我們，也沒有給我們力量，畢竟要扮演這個族群的救星很簡單。這個族群已經習慣受苦受難的日子，不懂得愛護自己，決定下得很快，也很知道死亡是怎麼一回事，表面上看起來膽小，但是長期活在大膽冒險的氣氛之中，而且繁殖力強又勇敢——我想說的是，要在事後扮演這個族群的救星很簡單，一直以來，這個族群都懂得利用各種方法自救，儘管會有所犧牲，犧牲的程度甚至會讓歷史學家——我們通常不重視歷史研究——嚇到瞠目結舌。不過在急難關頭，我們也真的會比平常更聽從約瑟芬的聲音。撲天蓋地的威脅會讓我們變得更安靜、更謙卑、更順從約瑟芬的控制慾。我們很喜歡聚在一起，很喜歡緊貼著彼此，尤其是因為這個場合可以讓我們暫時離開折磨人的正事，彷彿我們要趕在戰鬥前——沒錯，動作必須加快，約瑟芬常常忘記這件事——共飲一杯和平的酒。與其說這是一場演唱會，不如說是一場族群大會，而且除了前方微弱的吱吱聲之外，全場鴉雀無聲，而這個場合太過嚴肅了，不會有人想在閒聊中度過。

照道理來說，這種關係一定會讓約瑟芬很不滿意，從未明朗化的地位也讓她覺得渾身不對勁。只是她被自信心蒙蔽了雙眼，有些事情她看不見，別人也能輕而易舉讓她忽略更多事情。有一群阿諛奉承的人就不斷在做這件事，而且這麼做其實也是為大家好——如果她知道自己只是在族群大會的角落裡伴唱，沒有人在意她到底唱了什麼，雖然唱歌本身也不是一件不重要的事情，她肯定不願意奉獻她的歌聲。

不過她也不必這樣，因為我們還是很重視她的藝術。雖然我們忙著處理其他事情，而且全場鴉雀無聲也不是為了好好聽她演唱，有些人甚至連頭也沒抬，而是把臉貼在隔壁座位毛絨絨的身上，這一切都讓台上的約瑟芬看起來在白費力氣，然而——無法否認的是——她的吱吱聲還是無可避免地會傳到我們這裡。當所有人都沉默不語的時候，此時響起的吱吱聲就像一封寄給每個人的族群訊息，約瑟芬薄弱的吱吱聲夾在重大的決定之間，就好比孤苦伶仃的我們身處在充滿敵意的混亂世界。而約瑟芬撐住了。她的聲音一文不值，她的成就也一文不值，但是都撐住了，而且還有辦法讓我們聽得見。光是想到這件事，就會讓人覺得好過一點。假如我們之中出現了一位真正的聲樂家，我們肯定沒有辦法在這種時候忍受她的存在，而且會異口同聲地抵制這種無意義的表演。但願大家不要讓約瑟芬知道，我們之所以聽她唱歌，恰好印證了她唱得不好。她自己大概也料想得到，不然她平常為什麼要那麼痛苦地否認我們有在聽她唱歌？但她總還是會唱下去，用吱吱聲克服這種念頭。

但是，她應該還是有感到欣慰的地方，畢竟我們在某種程度上也真的在聽她唱歌，大概類似人們聽聲樂那樣。她達成了聲樂在我們身上達不到的效果，而這正是因為她的技巧不夠熟練。主要應該還是和我們的生活方式有關。

我們這個族群不曉得什麼是青少年時期，也沒有過多少童年時光。雖然每隔一陣子就會有人提出要求，說兒童應該享有特別的自由、受到特別的保護，兒童應該有權利過得稍微無憂無慮、有權利去嬉戲喧鬧、有權利去玩，大家應該要承認兒童擁有這些權利，應該協助這些權利實現。只要這些要求出現，幾乎每個人都認同，沒有什麼比這個更能獲得大家認同了。但是在我們的現實生活中，也沒有什麼比這個更不容易實現了，雖然大家都對這些要求表示認同，也試著做出改變，但是很快又會回到過去的狀態。畢竟我們的生活就是這樣，孩子們只要開始會跑會跳、稍微開始學會辨認環境，就必須像個大人一樣照顧自己。由於經濟的考量，我們必須散居在偌大的區域，而且我們有太多敵人，難以預測何時會遭遇危險——我們不能不讓孩子面對生存的考驗，如果我們不這麼做，反而會害他們早死。除了這個悲傷的理由之外，還有另一個令人振奮的理由：我們這個族群的繁殖力。一代接著一代——而且每一代都為數眾多——，沒有時間讓小孩慢慢長大。其他族群也許會細心照顧他們的孩子，也許還會為他們設立學校，也許每天都會有孩子從這些學校湧出來，他們都是族群的未來，但是日復一日出來的總是同一批孩子。我們沒有學校，不過我們的族群每隔不久就會湧出數不清的孩子，高興地發出嘶嘶聲和嗶嗶聲，直到他們學會怎麼吱吱叫，在地上打滾或藉著推擠向前滾動，直到他們學會跑步，笨手笨腳地爬過人群，拿到什麼就帶著走，直到他們懂事，這就是我們的孩子！不像那些學校出來的總是同一批孩子，不，永遠、永遠都是新的一批，永無止境，永不中斷，一個孩子才剛出現，就已經不再是孩子了，在他身後已經有新的面孔迫不及待地出現，數量之多，速度之快，沒辦法認出誰是誰，每個人都一副粉紅粉紅的幸福模樣。但是，無論這件事有多美好，無論其他族群有多麼羨慕我們，我們就是沒辦法給我們的孩子一個真正的童年時光。而且這件事情還會產生後續的影響。我們的族群總是有一股無法根除的孩子氣。雖然我們最大的強項在於貨真價實的生活智慧，但是我們有時候會做出愚蠢的舉動，就像孩子一樣，不懂思慮、浪費、大方、草率，而且常常只是為了好玩。我們的快樂當然已經沒辦法像孩子般純粹，不過或多或少都帶有一點童真。約瑟芬向來也從我們孩子般的性格得到不少好處。

我們這個族群不只像小孩，某種程度上來說，我們也會提早變老。對我們來說，童年和老年的意義都和別人不一樣。我們沒有青少年時期，我們馬上就是大人了，而且會當很久的大人。因此，雖然我們這個族群整體而言韌性十足，總是懷抱著希望，但我們全身上下都明顯帶著一種疲倦和失去希望的感覺。我們之所以不諳音律，大概也和這件事有關。我們已經過了聽音樂的年紀，音樂帶來的激動和興奮不適合沉重的我們，疲憊不堪的我們會揮手向它說不。我們只要有吱吱聲就夠了，偶爾來點吱吱聲，這樣最適合我們。誰也不曉得我們之中到底有沒有音樂天才，即使有，依照族人的個性，肯定還來不及發展就會被扼殺於襁褓之中。反之，約瑟芬卻能隨意地吱吱叫，或是說唱歌，或是看她想要怎麼命名，反正她的聲音就是不會對我們造成干擾，很符合我們的需求，我們可以承受得住。如果裡面帶有一點音樂的成分，肯定也被盡量減少到所剩無幾；可以保有某種音樂的傳統，但是不應該對我們造成絲毫負擔。

我們這個族群就是這個調調。不過約瑟芬帶給這個族群的還不僅於此。她開演唱會的時候，尤其是在艱難的時期，只有年輕人才會對歌手本人有興趣，只有他們才會驚訝地看著她噘起小嘴，從可愛的門牙中間把氣送出來，一邊唱一邊讚嘆自己發出來的聲音，直到聲音漸漸消下去，然後再順勢重新提一口氣，力道一次比一次更猛烈，達到連她自己都愈來愈無法理解的境界；但是大部分的人——明顯看得出來——其實都在忙自己的事。這是難得不用奮鬥的休息時光，我們這個族群會在這裡作夢，彷彿每個人的四肢都不再緊繃，彷彿總是忙得焦頭爛額的人可以隨心所欲地躺在族群溫暖的床上伸展四肢。約瑟芬的吱吱聲時不時就會傳進這些夢中，她說這叫大珠小珠落玉盤，我們則說它是大聲小聲撞進來。無論如何，全世界沒有任何地方更適合她的吱吱聲了，也幾乎不曾有音樂遇過這麼好的知音時刻。她的吱吱聲中有一些貧窮、短暫的童年，一些失去了的、再也找不回來的幸福，但也有一些兢兢業業的當前生活，一些微小的、不知所云、但一直存在的、無法抹滅的樂觀開朗。她沒有真的用大鳴大放的方式將這一切說出來，而是輕輕地、悄悄地、祕密地，甚至帶有一點沙啞。當然是吱吱聲，不然呢？吱吱聲是我們這個族群的語言，只是有些人吱吱叫了一輩子卻不曉得這件事。但是約瑟芬不一樣，她的吱吱聲擺脫了日常生活的枷鎖，也讓我們獲得短暫的解脫。沒錯，我們確實不想失去她的演出。

享受歸享受，但還完全不至於像約瑟芬宣稱的那樣，她認為是自己給了我們新的力量去面對艱難的時刻，諸如此類，等等等等。對於普通人來說確實不至於，但是那些吹捧約瑟芬的人可不這麼認為。「不然還有其他的可能嗎？」──他們大言不慚地說──「如果不是這樣，要怎麼解釋為什麼會有這麼多人來聽她唱歌？而且還是在這個危險關頭？有時候，如果不是為了來聽她唱歌，其實是有足夠的時間可以阻止危險發生的。」好吧，確實如此，但是這也不能算作約瑟芬的功勞，再說，如果這些會場突然被敵人闖入，害得我們有些人喪失生命，這一切也是約瑟芬的錯，對，搞不好就是她的吱吱聲把敵人引來的，而她依然會待在最安全的位置，然後在支持者的保護下默默率先離開。其實所有人都知道這件事，但是約瑟芬下次再臨時起意就地開起演唱會的時候，他們還是會迫不及待地趕去。由此可以推斷出，約瑟芬幾乎不受法律管轄，她可以做任何想做的事情，甚至對整個群體造成危害也無所謂，她做什麼事都會得到原諒。如果真的是這樣，那約瑟芬會提出那些要求大概就完全可以理解了。對，這個族群賦予了她自由，這是一件非凡、沒有其他人可以得到、而且其實也違法的禮物，由此多少也能看出這個族群承認自己聽不懂約瑟芬在唱什麼，就像她說的，大家只能無力地讚嘆她的藝術，然後覺得自己不配，所以透過一種近乎絕望的努力彌補自己對約瑟芬造成的痛苦，並且正如她的藝術超越了大家的理解能力，大家也不讓她本人和她的願望受到命令權的拘束。只不過這完全不是事實，也許有些族人太快向約瑟芬俯首稱臣，但是這個族群不會無條件向任何人投降，所以也不會向她投降。

自從她開始從事藝術以來，約瑟芬就一直爭取自己可以專心唱歌、不用從事任何工作。也就是說，她應該不用去煩惱自己的每日所需以及和我們生存奮鬥有關的一切事物，並且應該——大概是這個意思——由整個族群為她買單。那些很快就被她圈粉的人——也是有這種人——應該有辦法從這種特殊要求、從想得出這種要求的精神狀態去推斷出其內在的合理性。但是我們這個族群得出的是不同的結論，所以平靜地拒絕了她的要求。要駁回她提出申請的理由也不難。舉例來說，約瑟芬認為粗重的工作會傷害她的聲音，她說，雖然工作的辛苦和唱歌比起來簡直微不足道，但是會讓她沒辦法在唱完歌後得到足夠的休息，這樣就沒有足夠的體力準備下一次唱歌，在這種情況下，就算她用盡全力也沒辦法達到最完美的表現。這個族群聽她把話說完，但是沒有加以理會。這個容易受到感動的族群有時候完全沒有辦法被感動。有時候甚至鐵石心腸到連約瑟芬都說不出話，她表面上會順從，按部就班地工作，盡其所能地唱歌，但只會持續一陣子，不久之後她又會重新發起抗爭——她在這方面的力氣似乎怎麼用都用不完。

現在一切都清楚了，約瑟芬想爭取的不完全是她嘴巴上要求的。她很理性，她也不害怕工作，畢竟我們這裡根本就不知道什麼叫作害怕工作，就算她的要求真的得到允許，她的生活肯定也會一如既往，工作完全不會妨礙她唱歌，但是唱歌也不會變得更好聽，——所以說，她要的只不過是讓自己的藝術得到公開的、明確的、永恆的、超越至今為止一切的認可。對她而言，其他目的幾乎全都可以實現，唯獨這件事就是怎麼樣都無法成真。也許她打從一開始就應該往別的方向進行攻擊，也許她也看出自己的失誤在哪裡，但是她已經沒有退路了，退後意味著不忠於自己，她現在必須和自己提出的要求共存亡。

假如真的如她所說，她有很多敵人，那麼這些敵人不用動一根手指頭就能開心地欣賞她進行這場抗戰。但是她沒有敵人，就算有些人偶爾會對她提出非難，這場抗戰不會讓任何人高興。尤其是在這件事上，這個族群展現出冷靜的法官姿態，平常很難見到我們會這麼做。就算有人認同這種事情本來就要採取這種姿態去面對，但光是想到這個族群有朝一日也可能這樣對待自己，就讓人完全開心不起來。無論是我們的拒絕，還是約瑟芬提出的要求，重點都不在於事情本身，而是這個族群在面對單一族人的時候可不可以做到滴水不漏，尤其是這個族群平常對她總是像父親一樣關愛，甚至不只像個父親，而是低聲下氣。

如果今天這個角色不是族群，而是換成一個男人來扮演，大家可能會以為這個男人一直以來都對約瑟芬十分退讓，儘管心裡也一直強烈要求停止遷就對方。他就像超人般做了許多退讓，因為他深深相信退讓總是會有個底線。沒錯，他的退讓已經超過了不必要的程度，這麼做只是為了讓這件事加快腳步，只為了把約瑟芬寵壞，讓她不斷提出新的願望，直到她最後真的提出了這個要求。這時，早就準備已久的他便會狠心地斷然拒絕。不過事情完全不是這樣。這個族群不需要這樣的詭計，再說我們對約瑟芬的敬仰也是真的，絕對經得起考驗。只是約瑟芬的要求太過份了，每個天真的孩子都能預先告訴她事情的結果。話雖如此，就約瑟芬自己對這件事情的理解，她大概也猜得到結局會是什麼，這也為被拒絕的痛苦增添了幾份苦澀。

儘管她已經猜得到結果，但是她沒有打退堂鼓。她的抗爭近來甚至愈來愈激烈。到目前為止，她都只有採取口頭行動，但是她現在開始運用其他方式，她認為這樣更有效，我們則認為這樣對她來說更危險。

有些人認為，約瑟芬之所以變得這麼咄咄逼人，是因為她覺得自己變老、聲音開始變弱，所以她想要再拚最後一次，看看能不能得到大家的認可。我不相信這個說法。如果真是如此，那麼約瑟芬就不是約瑟芬了。對她來說，既沒有變老這種事，也沒有聲音變弱這回事。如果她提出什麼要求，不會是因為外在的事物使然，而是她內心通盤考量後的結果。她伸手去摘至高無上的桂冠，不會是因為正好一時掛得比較低，而是因為那就是最高的那一頂；假如她有辦法，她還會把它往更高的地方掛上去。

她完全無視外在的困難，但這不代表她不會使用最下流的手段。她認為自己本就有這項權利，所以怎麼爭取不是重點。尤其是在這個世界，在她看來，入流的手段在這個世界肯定起不了作用。也許正因如此，她把爭取權利的範圍從歌唱擴大到另一個她沒有那麼在乎的領域。她的支持者到處宣傳她的說法，說她覺得自己絕對有能力唱歌唱到讓這個族群的每個階層都得到真正的快樂，包括最不容易看出來的反對派，但她所謂的快樂喜悅並不是這個族群聲稱的那種，畢竟他們一向都說約瑟芬的歌聲很帶勁。但是，她又補充道，因為她沒辦法假裝高尚，也沒辦法諂媚低俗，所以才會一如既往，保持原樣。但是她為了免除工作而做的抗爭就不一樣了，雖然她這麼做也是為了唱歌，但是她不會直接使用寶貴的歌聲做為武器，她使用的每種手段都已經夠好用了。

舉例來說，坊間流傳一個說法，如果大家還是不願意讓步，約瑟芬就打算縮短花腔的長度。我不懂什麼是花腔，在她的歌唱中也沒注意過有花腔的存在。但是約瑟芬想要縮短花腔的長度，暫時先不刪掉，只是縮短長度。據說她也曾讓這個威脅成真過，不過我沒發現和之前的演出有什麼不同。整個族群就像往常一樣聽她唱歌，沒有對花腔表示什麼看法，也沒有對約瑟芬提出的要求改變態度。順帶一提，約瑟芬的想法有時確實也會和她的體態一樣優雅，例如她在演出之後，彷彿覺得自己關於花腔的決定對這個族群太過嚴苛或是太過突然，因此對大家宣布，下次會把花腔全部唱完。但是在下一場演唱會之後，她又會有不一樣的想法，直到對她有利的決定出現之前，她都不會再唱這種華麗的花腔了。只不過，這個族群對她的這些聲明、決定、改變主意都充耳不聞，就像大人在想事情的時候也會把小孩的喋喋不休當作耳邊風，基本上沒有惡意，但就是相應不理。

不過約瑟芬沒有退讓，例如她最近又宣稱自己在工作的時候弄傷了腳，導致她很難站著唱歌；但是她一定要站著才能唱歌，所以現在必須縮短演唱的時間。雖然她走路一跛一跛的，要靠支持者攙扶，但是沒有人相信她真的受傷了。就算知道她的身體本來就特別脆弱，我們仍舊是仰賴工作維生的族群，而且約瑟芬也是這個族群的一份子；如果我們因為一點擦傷就說自己不良於行，那整個族群大概永遠都無法走路了。就算她像個瘸子一樣要人攙扶，就算她常常以這種可憐兮兮的模樣示人，這個族群還是會像往常一樣心懷感激地聽她唱歌，然後感到欣喜若狂，沒什麼人對縮短表演時間有太大的反應。

因為她沒辦法一直跛行下去，所以她又發明其他藉口，聲稱自己太累了、心情不好、身體虛弱。於是我們現在不只有演唱會可以聽，還有戲可以看。我們看見約瑟芬身後的支持者不斷拜託她、央求她唱歌。她很樂意，但是她沒辦法。他們安慰她、對她說盡好話，幾乎是連推帶拉地把她拱上事先找好的位置，希望她在那裡演唱。她最後帶著難以解釋的眼淚妥協了，但是正當她看起來打算用盡最後的意志力開始演唱，整個人卻虛弱無力，不像平常一樣張開雙手，而是毫無生氣地垂在身體兩側，看到這幅景象的人可能會覺得她的手臂好像有點太短了——正當她準備在這種狀態下唱出第一個音，這時，她終究還是撐不住了，她的頭不情願地一扭，隨即在我們眼前倒下。隨後又再振作起來，而且我覺得唱得和往常沒有什麼不同⋯⋯如果有人可以聽出最細微的差異，也許會聽出一些不尋常的激動，但這對表演來說只有好處、沒有壞處。表演結束的時候，她甚至不若表演開始前那樣疲累，踏著堅定的步伐，或者說是以小跑步快速離場，拒絕支持者提供的任何協助，用冰冷的目光掃射帶著敬畏讓道給她的群眾。

這已經是上一次的事情了，最新的情況是，在大家滿心期待她演唱的時候，她卻沒有出現。不只她的支持者在找她，許多人也一起投入尋找的行列，但是怎麼找都找不到，約瑟芬消失了，她不想唱了，她也不想再受人請託了，這一次，她徹底離開了我們。

真的很怪，她這麼聰明，怎麼會錯估情勢，錯估到大家可能覺得她根本未曾評估，只是聽憑命運擺布，而命運在我們的世界裡只會變得十分坎坷。她甚至逃離了唱歌，甚至摧毀了她藉由這群人得到的權力。她到底是怎麼獲得這種力量的？因為她根本就不瞭解這群人。她躲起來不唱歌，但是這個族群依然平靜，看不出任何失望，他們的心態就和家長一樣，心裡不起半點波瀾，雖然表面上看起來不是這樣，但是這群人向來就只會付出，從來不接受別人的禮物，包括約瑟芬送的也是如此。這個族群會繼續向前走自己的路。

但是約瑟芬的前途就只能沒落了。她很快就會迎來最後一次吱吱叫，接著從此渺無聲息。我們這個族群千秋萬代，她只不過是其中一段小小的插曲，這個族群終究有辦法克服這個損失。這對我們不是件容易的事。大家都不出聲，哪裡還有辦法召開大會？話說回來，就算有約瑟芬在前面唱歌，我們的大會不也總是鴉雀無聲？她唱現場的吱吱聲真的會比回憶中來得更加響亮又有活力嗎？她在世的時候真的有比回憶中的她更了不起嗎？難道不是這個族群透過他們的智慧吹捧出來的嗎？因為吹捧得那麼高，她的歌聲就會成為永恆。

也就是說，我們搞不好完全不會覺得自己失去了什麼，但是約瑟芬就只能消失在我族無數的英雄行列之中，然後從世俗的痛苦中解脫，雖然她認為那是獲選之人才會遭遇的苦難。因為我們對歷史沒有研究，所以她更進一步得到解脫的時候，很快就會被世人遺忘，就像她的弟兄姐妹一樣。

飢餓藝術家

Ein Hungerkünstler

本篇寫於1922年，同年首次發表於德國文學季刊《新評論》（*Neue Rundschau*），後來收錄於1924年8月出版的短篇集《飢餓藝術家》中。

過去幾十年，大家對飢餓藝術家*的興趣已經大幅衰退了。自己獨立規劃類似的大型演出，這在以前很好賺，但是現在連想都不用想。時代已經不一樣了。當時整座城市都在談論飢餓藝術家，前來觀看的觀眾一天比一天還多，每個人每天至少都會想來看一次飢餓藝術家。最後幾天還會出現事先預訂的人，他們會整天坐在小小的籠子前；就連半夜都會開放觀看，藉由火把的照映提高節目效果；天氣晴朗的時候，會特別把籠子搬到戶外給孩童看。對大人而言，飢餓藝術家只是個樂子，他們是因為流行所以才來跟風；但是孩童往往會看得目瞪口呆，為了安全起見，他們會手牽著手，看他臉色蒼白，穿著黑色針織緊身衣，肋骨明顯凸出，甚至連凳子都不屑坐，隨便鋪了一些稻草就直接坐在地上。他禮貌地點頭，吃力地帶著微笑回答問題，將手伸出籠子，讓人感受一下他有多麼骨瘦如柴，然後再度沉浸在自己的世界，不關心任何人，也不在乎是不是敲了整點的鐘，雖然整點對他來說很重要，而且那個時鐘也是籠子裡唯一的家具，但他快張不開的眼睛只是看著前方，偶爾才從小玻璃杯裡沾一點水，潤濕自己的嘴唇。

除了來來去去的觀眾，還有一些由觀眾選出來的守衛站在那裡，特別的是，這些守衛通常都是屠夫，總是三個人一組，他們的任務是日以繼夜地看管著飢餓藝術家，讓他無法偷偷透過某種方式進食。不過這也只是做個樣子，為的只是安撫大眾的不安，因為懂的人大概就會知道，飢餓藝術家在禁食的時候從來不曾吃過半點東西，無論如何都不會吃，就算逼他也不會就範；事關藝術的榮譽，他不會這麼做。當然，不是每個守衛都能理解這件事，有時一些夜間守衛會看管得很鬆懈，他們會刻意坐到比較遠的角落，在那裡自顧自地玩牌，顯然是為了讓飢餓藝術家有機會放風一下，他們覺得他一定會從某個祕密地方拿些東西出來吃。對飢餓藝術家來說，最折磨人的莫過於這些守衛了。他們會讓他心情沮喪，也會讓

＊ 譯註：十九世紀末、二十世紀初歐洲流行的表演藝術。

他的禁食活動變得異常困難。有時候，他會撐著身體的虛弱，當著守衛的面大聲唱歌，直到撐不下去為止，為的是讓這些人知道他們不該懷疑他的決心。只是這麼做沒什麼用，他們只會覺得他很厲害，居然可以一邊唱歌一邊吃東西。他比較喜歡那些坐在籠子旁對他嚴加看管的守衛，而且這些守衛還嫌表演廳的夜間照明不夠亮，所以會拿劇場經理發給他們的手電筒照他。刺眼的光線絲毫不會對他造成干擾，反正他完全無法入睡，無論是怎麼樣的照明，無論在什麼時間，就算在人聲鼎沸的表演廳裡，他也能昏沉地稍微瞇一下。他很樂意整晚和這些守衛一起熬夜，他很樂意和他們開玩笑，向他們講述自己的流浪生活，然後聽聽他們的故事，一切都只為了不讓他們睡著，好持續見證他在籠子裡什麼也沒吃，見證他可以忍受他們無法忍受的飢餓。但每天早上才是他最開心的時候，他會花錢請他們吃一頓豐盛的早餐，辛苦熬了整個晚上，他們會撲上去狼吞虎嚥。雖然有些人甚至認為這頓早餐是為了買通守衛，但是這種說法真的就過份了。如果有人反問他們願不願意做公益，在沒有早餐的情況下擔任夜間守衛，他們就會默默離開，但是心中依然帶著滿滿的懷疑。

不過，禁食這種事情本來就會遭受各種懷疑。畢竟沒人有辦法日以繼夜地守在飢餓藝術家身邊，所以也無人能透過自己的觀察得知他是不是真的沒有犯規、從頭禁食到尾；只有飢餓藝術家自己知道，所以也只有他自己在觀賞自己的禁食藝術時能獲得完全的滿足。但是，出於另一個理由，他從來都沒有滿意過。他非常瘦弱，瘦到有些人不忍卒睹，根本沒辦法來觀賞他的表演，但是他之所以那麼骨瘦如柴，也許不是因為禁食，而是因為他對自己不甚滿意。只有他自己知道，禁食其實非常容易，這件事連內行人都不曉得。禁食是世界上最簡單的事情。他並未刻意隱瞞，只是大家都不相信他說的話，好心的人認為他只是謙虛，但大多數人都認為那是他的吹噓手段，甚至說他是個騙子，他覺得禁食簡單，那是因為他知道要如何把禁食變得簡單，他居然還有臉半公開承認這件事情。這一切他都必須概括承受，而且這麼多年下來，他也已經習慣了，只是他心裡還是對此耿耿於懷，更何況，在每次禁食階段結束後——這真的必須為他作證——他從來都不是在自願情況下離開籠子的。劇場經理規定禁食最多只能為期四十天，他不讓人禁食超過四十天，就算在大城市表演也不例外，而且他這麼做有充分的理由。根據經驗，透過逐步加強的行銷手法不斷刺激整座城市的興趣，有效期限大概就是四十天，過了四十天之後這招對觀眾就失靈了，來訪人數就會大幅下降；當然，城市和鄉村在這方面還是會有些許差異，但是規則的極限值就是四十天。活動進行到第四十天，主辦單位會打開用花環裝飾的籠子，興奮的觀眾擠滿了整座表演場地，還會有軍樂隊在一旁演奏，兩位醫生踏進籠子，對飢餓藝術家進行必要的檢測，然後透過擴音器向觀眾宣布檢測結果，最後會走上兩位年輕女子，她們非常開心自己能夠雀屏中選，想上前攙扶飢餓藝術家走出籠子，走下階梯，階梯前的桌上擺了一份精心挑選的療養餐。每當這個時候，飢餓藝術家總是不願就範。

雖然他會自願把骨瘦如柴的雙手交在兩位彎身想要幫忙的女士手中，但是他說什麼也不想站起來。為什麼就是要在第四十天結束呢？他還可以撐很久，還沒到極限。為什麼非得要在他禁食狀態最好的時候，甚至還沒進入最佳狀態之前就結束呢？為什麼要剝奪他繼續禁食下去的榮譽呢？既不讓他成為有史以來最偉大的飢餓藝術家，雖然他很可能已經是了，也不讓他有機會超越自己到一個不可思議的境界，明明他就覺得自己的禁食能力沒有極限。民眾都說對他十分欽佩，為什麼卻對他這麼沒有耐心？如果他可以繼續禁食，為什麼大家不想再堅持下去？而且他也非常疲憊，原本好好地坐在稻草堆裡，現在卻必須整個人站起來，走到餐桌旁用餐，光是想像那頓飯的味道就已經讓他噁心想吐，只是顧慮到兩位女士的心情，他才努力克制自己不要表現出來。他抬起頭看著兩位女士的雙眼，她們表面上看似友善，實際上卻很殘忍，他吃力地對她們搖搖頭，他的脖子虛弱到都快撐不住過重的頭了。但是接下來發生的事情每次都一樣。劇場經理會走過來，一言不發——現場的音樂也讓人無法對話——將雙手高舉在飢餓藝術家頭上，彷彿想要邀請上天來看一下祂在稻草上的傑作，也就是這位令人同情的殉道者。飢餓藝術家確實是一位殉道者，只不過意義不一樣罷了。劇場經理將雙手撐在飢餓藝術家瘦弱的腰間，刻意擺出小心翼翼的模樣，藉此讓人相信他正在處理一件容易損壞的易碎品，然後——還不忘偷偷搖晃一下飢餓藝術家，讓他的雙腿和上半身不由自主地晃動——把他交給兩位臉色早已發白的女士。飢餓藝術家會默默忍受這一切。他的頭垂在胸前，看起來就像滾了下去，只是不曉得為什麼掛在那裡；他整個肉體都被掏空了，出於生存本能，他的雙腿跪在地上，膝蓋緊緊夾在一起，但是雙腳仍不斷在地上摩擦，彷彿那裡不是真正的地面，而他還在尋找可以踩踏的地方。現在的他沒有幾兩重，他把全身的重量靠在其中一位女士身上，那位女士呼吸急促，向周圍尋求幫助——她沒有想到這項工作居然會是這個樣子——她先是盡可能地伸長脖子，至少讓自己的臉不會碰到飢餓藝術家，但是沒有成功。

而在一旁沒事的同伴又不過來幫忙，只是顫顫巍巍地將飢餓藝術家的手拿過來，彷彿是一捆骨頭。於是她在全場觀眾的爆笑聲中哭了出來，由另一位早就做好準備的工作人員接手她的工作。接著就到吃東西的階段了，因為飢餓藝術家處在半昏厥的狀態，所以只能由劇場經理先餵他吃幾口，一邊餵一邊插科打諢，分散觀眾對飢餓藝術家身心狀況的注意力。然後假借飢餓藝術家在他耳邊的囑咐，向觀眾大喊敬一杯，交響樂隊用響亮的吹奏聲炒熱氣氛。隨後人群逐漸散去，沒有人有權對眼前的一切感到不滿，沒有，除了飢餓藝術家自己，也永遠只有他自己。

這樣的生活他過了好幾年，中間只有過幾次定期的短暫休息，表面上看起來光芒四射，受到世界的敬仰，實際上卻大多處在鬱悶之中，而且因為沒有人認真看待他的心情，所以他變得愈發鬱悶。應該拿什麼安慰他呢？他還有什麼想要的呢？如果有好心人跳出來可憐他，想向他解釋，他會這麼鬱鬱寡歡大概是禁食造成的，飢餓藝術家很可能會暴跳如雷，尤其是在禁食期間，他會像動物一樣搖晃籠子的柵欄，藉此嚇跑所有的人。然而，劇場經理有一套專門用來處理這種情況的懲罰方式。他會在滿滿的觀眾面前替飢餓藝術家道歉，他向大家承認，禁食會導致衝動易怒，一般吃飽喝足的人沒那麼容易理解，所以請大家原諒飢餓藝術家的這種行為。接著話鋒一轉，他開始解釋飢餓藝術家宣稱自己可以禁食得比表演更久的說法，他對此表示讚賞，因為這個說法肯定包含了高度的拚戰精神、良好的堅定意志，以及偉大的自制情操。但隨後，他拿出幾張照片簡單反駁飢餓藝術家的說法，同時兜售這些照片，大家可以看到飢餓藝術家在禁食第四十天的時候已經幾近虛脫，氣若游絲地躺在床上。對飢餓藝術家而言，這真的太超過了，雖然他對這種扭曲真相的手段並不陌生，但他每一次都還是會為此感到神經衰弱。他們居然把提早結束禁食的結果說成原因！他沒辦法對抗這種無知，沒辦法對抗這個無知的世界。他總是滿心期待地待在柵欄旁，想聽聽看劇場經理會怎麼說，但是每次看到照片被拿出來，他就會離開柵欄，唉聲嘆氣地坐回稻草堆，觀眾又可以放心靠過來繼續看他表演了。

如果有現場觀眾在多年以後回想起這一幕，他們往往也無法理解到底是怎麼回事。因為整個大環境在這段期間已經發生前面提過的轉變，這個轉變來得幾乎讓人措手不及，也許其中有些更深層的理由，但是誰會有心去探究呢？總之就是有一天，已經被寵慣了的飢餓藝術家發現那些喜歡娛樂活動的群眾都不來了，他們全都跑去看其他的秀。劇場經理帶著他跑遍大半個歐洲，看看是不是還有哪些地方的人喜歡這種舊戲碼，一切都徒勞無功，彷彿大家私底下說好要一起抵制禁食表演似的。事實上，這種事情當然不可能突然出現，大家開始想起當時其實出現過一些前兆，只是那時大家都沉浸在成功的喜悅中，對那些前兆既不夠重視，也不夠積極去壓制，現在想再採取什麼行動都為時已晚了。雖然說，有朝一日禁食一定又會流行起來，但是這件事對活著的人不會帶來任何安慰。所以飢餓藝術家該怎麼辦呢？曾經是萬人簇擁的他不可能去年貨市場上的戲棚表演，但如果要改行做其他工作，這位飢餓藝術家不僅年紀太大，而他對禁食又過於痴迷。於是他向劇場經理告別，謝謝這位人生旅途上無可取代的好夥伴，然後受聘於一家大型馬戲團。為了避免觸景傷情，他完全沒看合約上的內容。

大型馬戲團裡有無數可以互相搭配和補充的人、動物和設備，任何人隨時都能派得上用場，就連飢餓藝術家也不例外，只不過要求當然不能太高。這個情況之所以特別，不只因為這位飢餓藝術家本人被聘請，也因為他過往的名聲實在響亮。畢竟這門藝術的特點在於不會隨著年紀增大而有所衰退，所以絕對不能說他是因為已經退役、能力不在巔峰，才想要來馬戲團裡找個閒差過日子。恰好相反，飢餓藝術家保證自己的禁食能力和以前一樣好，這件事無庸置疑。他甚至還宣稱，如果大家放手讓他去做，現在才是他準備要讓世界震驚的時候，而且大家也同意讓他自由發揮。只不過，飢餓藝術家只要激動起來，很容易就會忘記大時代的氛圍，有鑑於此，其他專業人士對他的宣言也只是一笑置之。

其實，飢餓藝術家也不是看不清現實，人們沒有把他的籠子放在馬戲團場內主打的中心位置，而是放在場外一個人來人往、靠近動物柵欄的地方，他也覺得理所當然。他的籠子外面寫著幾個花花綠綠的大字，說明這裡展示的是什麼。觀眾在中場休息時跑來柵欄這裡看動物，就一定會經過飢餓藝術家，並在他的籠子外面逗留片刻；要不是狹窄的通道裡擠滿了人，他們也許會再多待一下，但後面擠進來的人一心只想去看動物，無法理解前面的人為什麼要停在半路，所以大家都沒辦法靜下心來慢慢欣賞。這也是使飢餓藝術家感到害怕的原因，他當然很希望大家都能過來看一看，這是他的生命意義，但是現在每到參觀時間，他就會開始瑟瑟發抖。起初在馬戲團表演的時候，他總是迫不及待中場休息到來，然後欣喜若狂地看著一波波群眾朝他湧來，只是他很快就發現——就算再怎麼鐵齒、再怎麼自我欺騙，都經不起現實的考驗，人們來到這裡大多只是為了去看動物，每次都一樣，從來沒有例外。看著人群遠遠走來，總是最美好的畫面，但是只要人們走到這裡，他的周圍馬上就會充斥著大呼小叫，人群不斷形成兩派人馬，彼此破口大罵。一派想要悠悠哉哉地看他在做什麼——這些人很快就讓他覺得加倍難堪——並不是因為他們看得懂飢餓藝術家的表演，而是因為他們存心就是要擋在那邊；另一派則只想去看動物。大批人潮經過之後，後面又會有幾個姍姍來遲的散客，雖然他們可以愛怎麼逛就怎麼逛，在半路停下來也無妨，但是他們想要及時趕到動物那裡，所以邁開步伐快速通過，對他幾乎連瞥都不瞥一眼。偶爾會有爸爸帶著孩子來到這裡，這是少見的快樂時光，爸爸會用手指著飢餓藝術家，向孩子詳細解釋表演的內容，然後說到自己好多年前也曾經看過類似的表演，只是當時的排場要比現在大得多。雖然孩子們在學校和日常生活都還學得不夠，完全有聽沒有懂——禁食對他們而言是什麼？——但在他們充滿研究精神的眼神中，還是可以看到更友善的新時代即將來臨。飢餓藝術家有時候會對自己說，如果他的位置不要離動物柵欄那麼近，也許一切都會有所好轉，如此一來，不僅人們的選擇會變得容易，他更可以擺脫動物柵欄的臭味、動物在夜裡的躁動、從他旁邊送去給肉食動物的生肉，以及餵食時發出的吼叫，這一切都讓他很受傷，也總讓他心情鬱悶。但是他不敢向經理提出申請，畢竟他也必須感謝動物為他帶來人潮，裡面偶爾還是會有專程過來看他的人。再說，誰也不曉得他會被放到哪裡去，如果他想讓人想起他的存在，勢必也會提醒對方，他嚴格說起來只是通往動物柵欄的阻礙。

不過他只是個小小的阻礙，而且愈來愈微不足道。這個時代還想為飢餓藝術家搏取關注，這件事本身就很怪，但是大家已經習慣了，而大家的習慣也宣判了飢餓藝術家的命運。無論他禁食得有多好、表現得多麼出色，都已經無濟於事了，大家開始直接從他身旁走過，完全忽視他的存在。嘗試向人解釋禁食的藝術吧！但是沒有感覺的人就是沒辦法理解。籠外幾個漂亮的大字已經變得骯髒不堪，無法辨識，人們把它拆了下來，誰也沒有想到要換新的上去。用來計算禁食天數的牌子，原本每天都會更新，現在也已經有好長一段時間都維持在同一個數字，因為園方自己做了幾個星期之後也膩了。於是乎，雖然飢餓藝術家持續禁食，並且實現過去的夢想，不費吹灰之力就達成當時預告的目標，但是沒有任何人去計算天數，沒有，飢餓藝術家完全不知道自己已經禁食到什麼地步了，他的心情也開始沉重了起來。如果有人剛好閒晃到這裡，在籠子旁停下來，指著計算天數的牌子開玩笑說這是在騙人，那他確實說中了，這是史上最愚蠢的謊言，由冷漠和天生的惡意編織而成，因為騙人的不是飢餓藝術家，他很老實地在工作，是這個世界騙走了他的工錢。

但是又過了幾天，這一切也結束了。馬戲團管理員無意間看到了這個籠子，他問工作人員，為什麼要把一個這麼好的籠子閒置在這裡，裡面除了爛掉的稻草以外什麼都沒有。沒有人知道為什麼，直到有人看到計算天數的牌子，才終於想起飢餓藝術家的存在。人們拿竿子撥動稻草，發現躺在裡面的飢餓藝術家。「你還在禁食嗎？」管理員問：「你什麼時候才要結束？」「請大家原諒我。」飢餓藝術家有氣無力地說，只有把耳朵靠在籠子上的管理員聽得清楚他在說什麼。「肯定會的，」管理員說，然後把手指放在額頭上，向工作人員暗示飢餓藝術家的狀況，「我們原諒你。」「我一直想要讓你們覺得我的禁食很厲害。」「我們也覺得你的禁食很厲害。」管理員順著他的話說。「但是你們不應該這麼覺得。」飢餓藝術家說。「好吧，那我們就不要這麼覺得。」管理員說：「為什麼我們不應該覺得你的禁食很厲害呢？」「因為我不得不禁食，而且我也只能這麼做。」飢餓藝術家說。「居然是這樣啊。」管理員說：「那你為什麼只能這麼做呢？」「因為我，」飢餓藝術家說，然後微微抬起頭，嘴巴嘛得彷彿要親吻的樣子，這樣才能一字不漏地把話傳進管理員的耳裡，「因為我找不到好吃的食物。如果我找得到，相信我，我就不用這麼大費周章了，我就會像你和其他人一樣大吃特吃。」這是飢餓藝術家說的最後幾句話，但他渙散的眼神還是流露出堅定的信念，他會繼續禁食下去，只是不再帶有任何自豪。

「把現場整理一下吧！」管理員說，眾人合力把飢餓藝術家連同稻草一起埋了。籠子裡改放進一頭年輕的花豹。這個籠子已經荒廢了這麼久，現在終於看到野生動物在裡面轉來轉去，即便是再怎麼遲鈍的人，也能感受到一股新意。牠什麼都不缺。牠的飼養員總是不假思索地為牠送上好吃的飼料，牠似乎一點也不想念自由的時光。這具身體不只高貴，而且被種種必需品塞到幾近塞不下的地步，連自由都彷彿帶在身上，自由似乎就藏在牠牙齒中的某個地方。牠的咽喉迸發出生命的喜悅，極其熾熱，讓觀眾難以承受。但是觀眾還是戰勝了自己，圍著籠子，完全不想再移動了。

海神波賽頓

Poseidon

本篇為生前未出版之遺稿，寫於1920年，為一系列極短篇創作之一。後來由布羅德加上標題並編輯出版。

波賽頓坐在書桌前不停計算。他統管所有大大小小的水域，所以他有做不完的工作。他本來可以想請多少助理都可以，而且他也真的請了很多，但是他很認真看待自己的工作，自己會把一切再重新計算一遍，所以助理能幫他的地方十分有限。不過也不能說他很樂在其中，他之所以做這些工作，其實只是因為這是他的義務，而且他也說過，他常常跑去應徵其他做起來更開心的工作，只是每當有人向他提供各式各樣的工作建議，他看來看去還是覺得沒有工作像現在這份工作一樣適合自己。要為他找到其他工作也非常困難，總不可能指派他去管理特定的海域。先不論單一海域的計算量其實沒有比較少，只是更加瑣碎而已，且單就偉大的波賽頓本身而言，無論如何他都應該只能去做領導職才對。如果向他提供水域以外的工作，光是想像就已經讓他覺得不舒服了，他的神之呼吸會開始紊亂，鋼鐵般的胸膛也會不停上下起伏。順帶一提，大家其實沒有很認真看待他的抱怨。如果一個有權有勢的人像這樣苦苦糾纏，就算前景再怎麼不看好，大家也必須試著在表面上順他的意；沒有人想過真的要讓波賽頓離開他的崗位，自從創世以來，他就被指定擔任海神的角色了，而且未來肯定也是如此。

最讓他生氣的是——主要還是因為他對目前的工作不滿意——聽到人們對他的想像，比如說他總是手持三叉戟、駕著馬車奔馳在洪水之中。在人們這麼想的同時，他其實坐在深海裡不停地計算，唯有偶爾去拜訪天神朱庇特時，才會暫時脫離一成不變的日子，只是他大多會怒氣沖沖地回來。所以說，他幾乎沒有看過大海是什麼模樣，只有在飛升奧林帕斯山的時候匆匆看過幾眼，也未曾真的乘著馬車跑遍整個大海。他每次都說，他要等到世界末日，到時大概會有一個安寧的片刻，讓他可以在檢查完最後一筆計算之後，趕在末日之前出去快速繞一圈。

中國長城建造時

Beim Bau der chineseischen Mauer

本篇為生前未出版之遺稿，寫於1917年，見於卡夫卡的第三本「藍色八開筆記本」中。其中片段曾以「一道聖旨」為題，收錄在1919年出版的短篇集《鄉村醫生》中。

中國長城在最北端完工了。整個建築工作從東南和西南兩個方向分頭進行，最後再於最北端這裡會合。東工隊和西工隊兩大團隊內部也採用這套分段建造的系統，方法是由每二十人左右組成一個工作小組，每個小組負責建造五百公尺長的城牆，再由另一個小組從另一個方向建造同等長度的城牆。然而兩道城牆會合之後，不會再由其他小組將這道長一千公尺的城牆接續下去，而是會將工作小組派往其他地區進行建造。這種建造方式當然會產生許多缺口，後來才會一點一點慢慢填補，有些甚至還要等到城牆宣告竣工之後才有辦法處理。沒錯，照道理來說應該還有缺口尚未補上，不過這個說法很可能只是都市傳說，就像其他關於長城建造的傳說一樣，而且整個建築規模非常龐大，至少對個人而言，沒辦法單憑自己的雙眼和尺規來確認這個說法。

打從一開始就有人認為，如果可以採用更有系統的建造方式，或至少兩大團隊內部的做法可以再更有系統一點，無論如何都能帶來更大的好處。畢竟大家都知道，蓋長城的用意就是為了抵禦北方民族，但是長城蓋得那麼沒有系統，怎麼有辦法提供保護呢？沒錯，這樣的長城不僅沒有保護功能，而且建築本身也持續處在危險之中。獨立於荒野中的城牆段很容易再三遭受遊牧民族的破壞，尤其是這群遊牧民族當時非常害怕長城會對他們不利，於是像蝗蟲一樣以令人費解的速度更換居住地，所以對於建造進度的掌握也許比我們這群負責建築的人還要好。

儘管如此，這道城牆大概還是只能按照原本的方式興建。想要理解箇中原因，就必須考量到下列事情：長城應該要能屏障好幾個世紀，所以這個工程的必要前提就是高度的小心謹慎，並且使用已知範圍內所有時代和民族在建築方面的智慧結晶，再加上建築工人們持續不懈的責任感。雖然比較簡單的工作可以由什麼都不懂的民間臨時工來做，男人、女人、小孩，只要願意為高報酬工作就可以。但是四個臨時工就需要一個具備建築相關知識的聰明人來帶，這個男人必須要能深刻理解他人的感受，這是這項工作的重點。領導的階層愈高，相關的要求也愈高。

這樣的男人其實滿多的，雖然沒有多到整個建築工作需要用到的量，但也不算少了。

這項工作開始得並不草率。為了將整個中國圍起來，早在動工前五十年，中國就已經宣布建築技術是最重要的科學，尤其是其中的砌牆工藝，其他學科也都必須和建築相關才會獲得承認。我還記得非常清楚，在我們還是小孩子的時候，連腳都還站不太穩，就必須站在老師的院子裡，用鵝卵石砌出某種形式的牆，然後老師會提起長袍，朝我們砌的牆跑過去，理所當然地把牆全部推倒，然後責罵我們砌的牆實在太弱，罵到我們嚎啕大哭，鳥獸散跑回家找父母。這雖然是件微不足道的小事，卻體現了整個時代的精神。

我很幸運，長城開始大興土木的時候，我正好二十歲，才剛通過院試取得秀才資格。我之所以會說幸運，是因為許多比我早取得功名的人長年以來都不知道要把自己的知識用在什麼地方，滿腦子都是最偉大的建築計畫，卻只能終日無所事事地閒晃，最後墮落在人群之中。那些終於有機會率領建築工作的工頭就不一樣了，即便是等級最低的人都表現得非常稱職。這些人都是對建築長城很有想法的泥水匠，而且至今仍然不停思考該怎麼建造會比較好，自從他們指揮眾人奠下第一顆石頭開始，就覺得自己和長城建築共生為一體了。除了想要盡善盡美的慾望，驅使這群泥水匠的還有迫不及待想要看到長城完工的心情。臨時工不會了解這種迫切，驅使他們的只有工錢；中高階主管也不會懂，因為他們只要看到長城在多方面都有進展，就能繼續保持精神。但是對於最底層的那些男人來說，他們的精神遠遠超過外在的低微工作，所以必須要有不一樣的規劃。舉例來說，不能把他們送到荒無人煙的山地，讓他們在距離故鄉數百里的地方經年累月地疊著一塊又一塊的石頭；這是一種勞碌卻終其一生無法實現目標的工作，這種看不見希望的工作會讓這些人陷入絕望，更會因此對工作產生不利的影響。就是因為這樣，所以才會採用分段的興建系統。五百公尺長的城牆約莫五年就能竣工，但是工頭們通常會在這個時候感到筋疲力盡，完全失去對自己、對建築、對世界的信心。因此，正當他們還在為千尺城牆交會典禮感到亢奮的時候，就會被派去很遠很遠的地方，他們在旅程中會看到各地矗立著建造完畢的城牆段，途經領導階層所在的駐地接受動章的表揚。他們聽見剛從內陸過來的工隊發出陣陣歡呼，看見用來製作骨架的森林被夷為平地，看見一座又一座的山被打成碎石，聽見神聖場所裡的虔誠人們唱歌祈求順利完工。這一切都能安撫他們迫不及待的心情。他們會在家鄉度過一段平靜的日子，身為建築工人的他們在鄉里具有很高的聲望，人們會畢恭畢敬聽他們講述工地的事情，而且這群純樸的鄉民們也衷心相信長城有朝一日一定可以完工。這一切都能重振他們的士氣，讓他們重新得力。他們會像永遠懷抱希望的孩子一樣告別家鄉，無法克制心中想要回去參與民族大業的衝動。他們會提早從家裡出發，半個村莊的人都會出來送行。所有路上滿滿都是人群和旗幟，這些人從來不曾看過這個國家有多大、多美、多富有、多可愛。四海之內皆兄弟，建造城牆為的就是保護他們，而他們一輩子都會為此獻上自己和一切來表示感恩。合為一體！合為一體！讓胸膛貼著胸膛，整個民族圍成一圈，不要讓血液只流在微不足道的身體裡，而是要讓甜美的血液流淌出來，流遍無垠的中國循環迴往。

說到這裡，應該就能理解這套分段式的建築系統是怎麼一回事了。不過，之所以會採用這套系統，大概還是有其他的理由。我在這個問題上停留這麼久並不奇怪，因為這個問題雖然看似無關緊要，卻是整座長城建造的核心問題。如果要我把那個時代的想法和經歷全部告訴諸位，而且還要說得頭頭是道，我就不得不繼續鑽研這個問題了。

一開始大家肯定會說，當時的興建工作做得盡善盡美，幾乎不會輸給巴別塔，但是在蒙神喜悅這方面，至少從人的角度來看，就完全和巴別塔有著天壤之別了。我會提到這件事，是因為剛開始動工的時候，有位學者寫了一本書，對兩者做了非常仔細的比較。他在書中試圖證明，巴別塔之所以沒有蓋完，絕對不是出於一般外界宣稱的那些原因，至少那些原因都不是主因。他的證據不只來自各項著作和報導，據說他自己也曾到當地進行實地考察，然後發現巴別塔建造失敗的原因在於基礎不夠穩固，所以無論如何都一定會失敗。在這一方面，我們這個年代比那個久遠的年代更有優勢，幾乎每個受過教育的人都是建築專家，所以我們的地基打得非常可靠。但是學者的用意並不在此，他要宣稱的是，只有長城才能在人類史上首次為新巴別塔打下穩固的地基。也就是說，先蓋城牆再蓋塔。當時每個人手上都有這本書，但是我得承認，我至今還是想不透他對蓋塔這件事到底是怎麼想的。長城不會圍成一圈，只會圍成四分之一或半個圓，要怎麼成為一座塔的地基？這很可能只是精神層面的意思。但如果是這樣的話，為什麼要付出數十萬人的生命和努力去興建一道真實存在的牆？為什麼要在那本著作中把塔的設計圖畫出來（雖然畫得不清不楚），還要提出鉅細靡遺的建議，討論該如何在超大型的新建案中集合民族的力量？

當時——這本書只是其中一個例子——大家的頭腦都亂烘烘的，也許是因為有很多人同時都在試著往同一個目標聚集。人類的本質受不了束縛，因為人的骨子裡本來就輕浮，天性就像四處飄揚的塵埃；如果人將自己束縛起來，不久之後就會開始瘋了似地搖晃束縛他的枷鎖，把圍牆、鎖鏈和自己弄得四分五裂。

雖然與興建長城的計畫相互違背，但是在決定採用分段建造的時候，領導階層很可能也將人性考量在其中。我們——我大概代表了許多人的心聲——其實都是在逐字逐句研究最高領導階層下達的指令中才認識自己的，而且我們發現，如果沒有人領導我們，我們在學校學到的知識或人類的思維都不足以勝任我們在整體中要負責的小小任務。在高層的房間裡——我問過的對象中，從來沒有人知道房間在哪裡，也沒有人知道房間裡坐著的是誰——，房間裡大概盤旋著所有人類的想法和願望，反方向則盤旋著所有人類的目標和實現，而來自屬神世界的榮光則會透過窗戶倒映在畫設計圖的高層手上。

正因如此，公正不阿的旁觀者才不能理解，如果高層真心想這麼做的話，怎麼可能沒辦法克服困難去採用更有系統的建造方式。所以，可能的推論只有一個，那就是高層本來就打算採用分段建造。但是分段建造也只是一種權宜之計，本身並不實際。所以，可能的結論只有一個，那就是高層本來就想要做點不切實際的事情。——好特別的結論！——沒錯，然而從另一個面向來看，這件事情本身也不是全無道理。時至今日，談論這件事情也許已經不會再有安全上的顧慮了。當時，許多人心中的基本原則都是：試著盡你所能去理解高層的指令，但是只能做到某一個界限，接著就必須停止思考。甚至連最優秀的人都是這麼想的，而且這麼做也很合理。順帶一提，大家後來還常常用一個比喻來解釋這個基本原則：不是因為對你有害，才要你停止進一步思考，畢竟也無法確定這件事會不會對你造成損害。這裡談不上什麼損不損害。你就像春天的河水，河水開始上漲，就會變得更有力量，能為流域內的土地帶來更多滋潤，然後繼續維持自己的本質流向大海，變得與大海更加匹配，也更受大海的歡迎。——你要這樣去思考高層下達的指令。——但是當河水開始氾濫，失去原本的輪廓與樣貌，減緩順流而下的速度，違背自己的天命，試圖在內陸形成一個又一個湖泊，破壞良田，卻又無法在這種擴張狀態中維持太久，很快又會流回原本的河道，甚至在接下來的炎熱季節中乾涸殆盡。——你不要這樣去思考高層下達的指令。

在建造長城的時候，這個比喻也許非常貼切，不過對於我現在這篇報告來說，它的效用其實有限。我在做的也只是一項歷史研究；雲雨早就消散，不會天打雷劈，所以我可以去尋找分段建造的原因，提出比大家當時接受的說法更加深入的解釋。我的思考能力極其有限，但是我要探索的領域是無窮的。

長城要抵禦的對象是誰？是北方民族。我來自中國東南地區，那裡不會有北方民族的威脅。關於他們的事跡，我們都是從古書讀來的，他們天生的殘忍行徑總是讓天下太平的我們坐在涼亭中連連嘆息。我們在藝術家寫實的畫作中看見這些該死的臉孔，他們張開血盆大口，下巴上布滿尖利的牙齒，眼睛瞇成一條線，似乎在尋找會被嘴巴撕成碎片的獵物。如果小孩不乖，我們會拿這些圖給他們看，他們就會哭著跑進我們的懷抱。但是關於北方民族，我們知道的就只有這些了。我們不曾親眼看過他們，如果我們一直待在自己的村子裡，就算他們騎在狂野的馬背上朝我們狂奔，我們也永遠不會見到他們，——這個國家太大了，不會讓他們有機會跑到我們這裡，他們最後只會跑進一片虛空。

所以，如果事情是這樣的話，為什麼我們要離開家鄉、離開河流與橋樑、離開爸爸和媽媽、離開淚流滿面的妻子、離開需要教導的孩子，前往遙遠的城市上學，然後一心掛念著更北方的城牆？為什麼？你要去問高層，他們知道我們的性格。他們總是在為重大的事情擔憂，他們知道我們是誰，也很了解我們這些小老百姓在做什麼，他們看過我們所有人一起坐在低矮的茅屋裡，他們很滿意一家之主晚上帶著家人做的禱告，或也可能不甚滿意。如果我敢從這個角度去思考領導階層的作為，那麼我必須要說，我認為高層很早以前就存在了，絕對不會像高級官員那樣，因為早上做了一個美夢，就快速召開會議，快速做出決議，然後晚上就敲鑼打鼓把人民從床上叫醒，要他們去執行會議做出的決定，有時候也可能只是要人去張燈結綵，酬謝昨天向達官貴人顯現善意的神明，而隔天一早，燈籠才剛熄滅，又把人民拖到陰暗的角落裡痛毆。高層反而比較像是自古以來就已經存在，包括興建長城的決定也是如此。無辜的北方民族以為是自己促成長城的興建，受人敬仰的無辜皇帝以為是自己下令興建的長城，而我們這些負責建造長城的人知道的是不同的事實，但是我們不說。

無論是在建造長城的時候，還是從長城完工迄今，我幾乎只忙著從事比較民族史的研究——有些問題只能透過這種方式稍微觸碰到關鍵——，我發現我們中國人有些民族與國家機構的運作方式非常透明，但是有些機構卻又只能讓人霧裡看花。我從以前到現在都很想去探究其中的道理，尤其是後面那種現象，而且這些問題在本質上也與建造長城息息相關。

無論如何，其中最不透明的機構之一就屬我們的朝廷了。當然，在北京的人，尤其是宮廷內部，對於朝廷的運作還是有些認識的，雖然表面意義大過實質意義就是了。就連在高等學府裡教授國家法與歷史的老師都宣稱自己對這方面非常了解，有能力把這些知識傳授給學生。可想而知，愈是基層的學校，就愈少人會去懷疑自己的知識，多的是半瓶水響叮噹，而且每個半瓶水都像山一樣高，不停圍繞著少數從幾個世紀以來就深植人心的教條興風作浪，雖然未曾損及這些教條的永恆真理，但是在雲霧繚繞之下，這些真理也已經永遠無法為人所知。

我倒是認為應該要去問問人民對朝廷的看法，畢竟人民是朝廷的終極棟樑。不過我在這裡也只能談談家鄉的情況。除了掌管土地的眾神，以及一年到頭各式各樣盡善盡美的祭祀活動，我們全部的心思都放在皇上身上。但是我們所思所想的不是當今這位皇上；或者換個說法，如果我們知道當今皇上是誰，或是稍微知道一些關於他的確切資訊，我們日思夜想的對象就會是他了。我們當然一直很努力去打探這類消息——這也是唯一會讓我們感到好奇的事情——，但是說也奇怪，我們就是打聽不太出個所以然來，無論是行遍天下的朝聖者、航遍大小河川的船員、附近的村子、遠方的村子，雖然大家都聽過很多說法，但是這些說法沒有一個能作準。

我們的國家太大了，沒有童話可以傳遍全境，天空也幾乎覆蓋不了我們的地土——北京只是其中的一個點，皇宮更只是其中的點中之點；但我們的皇上卻偉大到能夠貫穿世界的各個層級。然而，皇帝本人就和我們一樣都是人，就像我們一樣會躺在床上休息，雖然他的床一定比我們大得多，但很可能也只是一張又窄又短的床。他和我們一樣有時候也會伸懶腰，累了也會用精緻的嘴巴打哈欠。但是我們——在千里之遙的南方——怎麼會有辦法得知這些事情呢？畢竟我們的所在之處已經快要到西藏高原了。除此之外，就算有消息傳到我們這裡，也都來得太晚，早就已經過時了。皇上身邊圍繞著一群身分顯赫卻又難以看透的朝臣——外表看起來是友好的奴才，內在實則是邪惡的敵人——，他們和朝廷勢均力敵，時時刻刻都在努力用毒箭把皇上從天秤的另一端射下來。朝廷是不朽的，但是皇帝會一個一個殞落，甚至連整個朝代都會滅亡，在垂死掙扎中嚥下最後一口氣。人民從來不曉得這些痛苦與掙扎，他們就像太晚進城的鄉巴佬，全部擠在巷弄的最尾端，就算大前方的市集廣場上正在處決他們的主子，後方的他們依然會安靜地吃著自己帶來的口糧。

有一則傳說把這種情況形容得很好，內容是這麼說的：你，你是個可憐的奴才，就像影子一樣，在皇上的光照之下，渺小的你只能逃到最遠的遠方。皇上在臨終之際向你傳達了他的旨意。他讓信使跪在床邊，低聲把要傳達的內容說給他聽；他非常重視這道諭旨，要信使在他耳邊再複誦一遍。他點點頭表示正確，於是便在所有來見他最後一面的觀眾面前——每道阻礙視線的牆都被拆掉了，又高又大的環狀階梯上站滿了帝國的達官顯要——他在所有人面前把信使派出去。信使立刻動身，他是個孔武有力、不知疲倦為何物的男人；他一下伸出這隻手、一下伸出那隻手，在人群中為自己開出一條路；如果遇到有人反抗，他就會指指胸前的太陽符號，他也比其他人都要容易向前推進。但是人實在太多了，他們的住處綿延不絕。如果眼前是一片開闊的田野，他也許會直接飛過去，你大概很快就能聽見他用拳頭重重敲門的聲音。但是沒有辦法，他再怎麼努力都沒有用，他還在內廷裡擠過一間又一間房間。他永遠不可能闖得出去，就算成功了也無濟於事；他必須艱難地爬下一道又一道樓梯，就算又成功了，也無濟於事。他還得穿過一座又一座宮院，而這些宮院外面又圍著第二層宮殿，接著又是樓梯和宮院，然後又是一層宮殿，如此持續數千年。就算他最後終於闖出最外面那道門——但是這件事永遠、永遠不可能發生——，還有整座王都在等著他，這裡是世界的中心，堆積了非常厚的沉積物。沒有人有辦法穿過這裡，更何況帶著死人的諭令。——但是每到晚上，你都會坐在窗邊，對著那條諭令魂牽夢縈。

人民看待皇帝的心情就是如此絕望又充滿希望。他們不知道現在在位的是哪位皇上，甚至連朝代的名稱都不是非常清楚。雖然曾經在學校學過許多關於歷代皇帝的知識，然而這方面的事情普遍不透明，所以連最好的學生都不明就理。我們這邊的村子以為龍椅上坐的是早已駕崩多年的先皇，不久前還有一位只活在民謠裡的皇帝下達了詔書，讓廟公在神壇前宣讀出來。上古時代的大戰到現在才正式開打，熱血沸騰的鄰居會帶著最新消息衝進你家。皇上的後宮整天躺在絲綢繡枕中養尊處優，狡猾的奴才讓她們愈來愈遠離高尚的美德，權力慾望膨脹，需索無度，淫慾氾濫，然後一而再、再而三地作惡多端。年代愈久遠，這些故事的鮮明程度愈嚇人，有一次，村民們甚至在哀號聲中得知數千年前的女皇帝會大口大口地喝自己丈夫的血。

這就是人民對待先皇的方式，而且他們會把當朝的統治者和死人混為一談。有一次，自古以來也就這麼一次，正在偏鄉考察的大臣偶然來到我們村裡，以皇帝之名提出一些要求，審查收稅的情況，訪視學校的課堂，向廟公詢問我們這裡的風俗民情，然後在坐上轎子之前，把他在這裡的所見所聞做了個總結，對被叫來的村民們耳提面命了一番。每個人臉上都帶著尷尬又不失禮貌的微笑，偷偷地你看我、我看你，然後向小孩彎下身，以免被官員看到。大家心想，他怎麼會把死人說得跟活人一樣，他口中的皇帝早就已經駕崩了，朝代也已經被推翻了，雖然官老爺嘲笑我們無知，但是我們假裝沒看見，這樣才不會讓他覺得心裡不舒服。我們只會聽從當今皇上的旨意，不然就是大逆不道。在官員匆匆趕路的轎子後，某個人跺著腳站了起來，他是這裡的村長，也是人們任意從破掉的骨灰罈中推舉出來的人。

同樣地，我們這裡的人通常也不太會受到改朝換代和同時期戰爭的影響。

我還記得小時候發生過一件事，隔壁省份爆發了人民起義，但是離我們這裡仍然非常遙遠。我不記得是什麼原因了，而且原因對我們這裡也不重要，那裡的人比較容易激動，每天早上都會出現新的起義原因。有一次，有個乞丐從那個省份把起義的傳單帶到我父親家，那正好是個假日，我們的房間裡擠滿了客人，廟公坐在人群中間研究那份傳單。然後所有人突然都笑了起來，你來我往地將傳單撕成碎片，原本備受款待的乞丐被轟出房間，所有人一哄而散，繼續享受這美好的一天。為什麼呢？因為隔壁省份的方言和我們的方言有本質上的不同，這也表現在某些書寫的方式上，對我們來說，他們寫的東西讀起來就像古人。所以廟公才剛讀完兩頁，大家心裡就知道該怎麼做了。那都是以前的事了，早就聽說過了，也早就不放在心上了。雖然——我依稀還記得——那個乞丐看起來真的過得很悲慘，但是大家笑著搖搖頭，什麼也聽不進去。我們這裡的人很樂意磨滅當代的痕跡。

如果從這些現象推論我們其實沒有皇帝，大概離真相不會太遠。我必須再三強調：南方大概沒有哪個民族比我們更效忠皇上了，但是忠心不貳對皇上不算什麼好事。雖然村口的柱子上站著一條神龍，自古以來就恭恭敬敬地朝北京的方向吹出火熱的氣息——但是對村子裡的人來說，北京比極樂世界還要遠。房屋櫛次鱗比，蓋滿整片田野，就連站在高處也一望無際，而且日日夜夜都有萬頭鑽動，世界上真的有這種村子嗎？很難想像有這樣一座城市，我們比較相信北京和皇帝是一體的，就像一朵雲，安安靜靜地在太陽底下隨著時間轉變。

這種看法也導致我們的生活相對自由、無拘無束。但絕對不是傷風敗俗。我行遍大江南北，還幾乎不曾遇過哪裡像我們家鄉一樣純樸善良。——不過，我們的生活也不受制於當代的法律，我們只遵循古時候流傳下來的指示與警告。

我很小心不要去以偏概全，也並不認為我們省內一萬個村子、中國的五百個省份全都是這個樣子。但我也許可以根據許多讀過的地方文獻以及自己的觀察——尤其是在興建長城的過程中，有許多人類樣本可以讓感覺敏銳的人有機會周遊群覽幾乎所有省份的靈魂面貌——基於這一切，我也許可以說，無論什麼時候、無論在哪裡，關於皇帝的普遍看法基本上和我們家鄉的看法如出一轍。不過我完全不想把這種看法視作一種美德，恰好相反。雖然這種看法主要是政府造成的，他們統治著世界上最古老的帝國，至今卻仍然無法讓朝廷的運作變得再透明一點，讓整套制度可以直接且持續地在全境運作，而且他們也不曾正視過這個問題；但是從另一方面來說，這也是因為人民的信仰或想像力太過貧乏，不足以將朝廷活生生地從高城深塹的北京拽進自己身為人臣的胸中。人民想要的不過就是體會一下與朝廷接觸的感覺，並且在其中消逝而已。

所以，這種看法大概不是什麼美德。更讓人在意的是，這種貧乏的想像力看起來正是讓我們民族可以團結在一起的重要手段；如果用詞再大膽一點，甚至可以說它是我們生活的根基。要在這裡詳細說明責備的理由，動搖的不會是我們的良知，而是會更加悲慘地撼動我們的立足之處。因此，我暫時不打算再繼續探究這個問題了。

建城

本篇為生前未出版之遺稿，夾在1920年的文件中，原本沒有標題。

有一群人來找我，求我為他們建一座城。我說，他們人數太少了，一間房子就已經夠用，我不會為他們建城。但是他們說，之後還會有人來，而且他們當中也有幾對夫妻，正準備要生小孩，而且也不用一下子把城市建起來，只要先有個輪廓，其他的慢慢再進行就好。我問，他們想把城市建在哪裡，他們說，等一下就會把地點指給我看。我們沿著河岸走，最後走到一塊非常寬闊的高地，這裡的地勢夠高，雖然往河道下切的地方很陡峭，但是其他地方都是逐漸平坦的緩坡。他們說，他們想在上面建一座城，那裡只有稀稀疏疏的雜草，沒有樹木，我很喜歡，但是我覺得靠河那一側的坡度太陡了，我請他們也要把這部分納入考量。但是他們說，不要緊，反正這座城市會往別的方向延伸，一定會有其他可以取水的地方，而且隨著時間推移，也許也會出現什麼可以克服陡坡的方法，無論如何，這都不會是在這個地方建城的阻礙。他們又說自己既年輕又強壯，輕輕鬆鬆就能爬上陡坡，而且馬上就想示範給我看。他們也真的說到做到；他們的身體像蜥蜴一樣不斷在岩壁的裂縫間向上跳躍，很快就爬到上面了。這個地方似乎不是特別適合防守，只有面對河的地方有天然屏障，而這裡正好是最不需要保護的地方，需要的反而是暢通無阻的出入口；但如果從其他方向過來的話，很容易就能爬上這座高地，再加上這座高地幅員遼闊，所以很難防守。除此之外，也還沒針對上面的土地生產力做過調查，如果一座城市的命脈全然仰賴平原和交通運輸，這絕對是大忌，更別說是在動盪的時代了。而且也還不確定上面是否有足夠的飲用水，他們指給我看的那處小水源看起來不太可靠。

「你累了，」其中一個人說，「你不想建這座城。」「我是累了。」我說，然後在水源旁找顆石頭坐了下來。他們把毛巾浸在水裡，幫我擦臉提神，我對此表示感謝。我接著說，我想要自己把整座高地走一遍，於是便離開了他們。路途很遙遠，我回來的時候天已經黑了，所有人都躺在水源邊睡覺，天空正下著毛毛雨。

我決定繼續走，爬下山坡來到河邊。但是其中一個人醒了過來，把其他人叫醒，我才剛爬到一半，他們就站在坡頂，大聲對我苦苦哀求。於是我走回去，他們也幫了我一把，把我拉了上去。這時，我承諾會幫他們把城建好。他們對此表示非常感激，對我說了許多話，然後親親我，〔…〕。

橋

Die Brücke

本篇為生前未出版之遺稿，約寫於1916-1917年，見於卡夫卡的第二本「藍色八開筆記本」中。後來由布羅德加上標題並編輯出版。

我全身冰冷又僵硬，我是一座橋，橫亙在深淵上。腳尖釘在這一側，雙手釘在那一側，我咬緊牙關，緊緊把自己固定在乾裂的黃土上。我的大衣後擺被風吹向兩側，冰冷的溪水聲來自下方的深谷。沒有遊客會因為走錯路而來到這個難以通行的高處，地圖上也還沒有標出這座橋所在的位置。——於是我就這麼躺著、等待，我必須等待。如果沒有垮掉，任何建造好的橋都沒辦法停止身為橋的存在。

有一天，將近傍晚——那是第一個傍晚，還是第一千個傍晚，我不知道，——我的思緒一直很混亂，一直繞來繞去。那個夏天的傍晚，溪水聲變得愈來愈模糊，我聽到有個男人的步伐走了過來！過來這裡，過來這裡。——身為一座橋，你要伸長身體，維持自己的狀態，你是沒有扶手的獨木橋，要顧好這位願意將自己託付給你的人。你要偷偷平衡他不安的步伐，但如果他開始跌跌撞撞，你就要站出來，像個山神一下把他拋向陸地。

他來了，他用鐵製的手杖前端敲敲我，接著用它把我的大衣後擺勾起來，重新蓋回我身上。他用手杖的前端滑過我的蓬鬆亂髮，然後，大概是為了東看看西看看，一直把手杖放在我的頭髮裡。接著——我才在夢裡跟著他一起越過山嶺和峽谷——他的雙腳猛地踩在我的身體中央，我感受到一陣劇痛，心裡毛骨悚然起來，完全不知道現在是什麼狀況。他是誰？是小孩嗎？是一場夢嗎？還是攔路的強盜？打算自殺的人？誘惑人心的撒旦？毀滅者？我轉身想看看他的模樣。——橋居然會轉身！我還沒有轉過去，就已經掉下去了，我掉下去了，摔得粉身碎骨，而總是在湍急的溪水中友善地看著我的那些尖尖的石頭，現在刺穿了我。

日常的混亂

Eine alltägliche Verwirrung

本篇為生前未出版之遺稿，約寫於1916-1917年，見於卡夫卡的第三本「藍色八開筆記本」中。後來由布羅德加上標題並編輯出版。

有個日常的事件：忍受它會帶來日常的混亂。A和來自H的B有一筆生意要做。為了事先討論，A動身前往H，來回路程各花了十分鐘，回到家之後，他非常自豪自己的腳程可以這麼快。隔天他又去了H，準備進行最後的簽約。這件事預計會花掉好幾個鐘頭，所以A一大早就出發了。雖然所有的次要情況都和前一天一模一樣，至少A是這麼認為的，但是他在前往H的路上花了十個鐘頭。他晚上才疲憊不堪地抵達當地，別人卻告訴他，因為A遲遲沒出現，所以火冒三丈的B在半個小時前已經動身前往A的村裡找他，按理來說，他們在路上肯定有碰到面才對。人們建議A在這裡等，但是A很害怕生意會因此泡湯，所以立刻動身趕回家。

他沒有特別注意，但是他這一次瞬間就到了。他回到家才從別人口中得知，B其實很早就來了——就在A出發不久之後。B甚至還在門口遇到A，他提醒A要記得簽約的事情，A卻說自己沒有時間、現在必須趕緊出門一趟。

儘管A的行為很莫名其妙，但是B還是留在這裡等A回來。雖然他時不時就會跑來問A到底回來了沒有，但是他人現在還在樓上A的房裡。A很慶幸自己還可以當面和B把話解釋清楚，於是連忙跑上樓。眼看他就快要跑到樓上了，卻不小心絆了一下，拉傷了肌腱，他痛到差點暈過去，連叫都叫不出來，只能在黑暗裡一邊哀鳴、一邊聽著B——不曉得是在遠處、還是近在咫尺——怒氣沖沖地大步走下樓梯，最後消失得無影無蹤。

放棄吧！

Gibs auf!

本篇為生前未出版之遺稿，寫於1922年，後來由布羅德加上標題並編輯出版。

那是個清晨時分，乾淨的街道上空無一人，我正在前往火車站的路上。我用樓塔上的時鐘和自己的手錶對時，這才發現時間比我原本以為的晚了許多，我必須趕緊加快腳步，但是這個發現讓我驚慌失措，開始不確定自己走的路正不正確。我還不是非常熟悉這座城市，幸運的是，附近有個警察，我跑向他，然後氣喘吁吁地向他問路。他微笑著對我說：「你想從我這裡知道路該怎麼走？」「是的，」我說：「因為我自己找不到路。」「放棄吧，放棄吧。」他說，然後一個大動作轉身，就像那些只想自顧自地大笑的人。

測驗

Die Prüfung

本篇為生前未出版之遺稿，寫於1920年，為一系列極短篇創作之一。後來由布羅德加上標題並編輯出版。

我是個僕人，可是我沒有工作可以做。我很膽小，不敢向前爭取機會，甚至連和別人一起出列也不敢，但這只是我沒事做的其中一個原因，也可能根本和我沒事做毫無關係，無論如何，最主要的原因還是沒有人叫我去工作，其他人都被叫去工作了，但是他們都沒有我積極，搞不好甚至根本就不希望被叫去工作，而我至少有時候還很希望能有人來叫我。

所以我躺在僕人房裡的木板床上，看著天花板的大樑，睡著了又醒過來，醒過來又繼續睡。我有時候會走去對面有賣酸啤酒的小酒館，有時候我會因為覺得噁心而把整杯倒掉，但很快又會再點一杯來喝。我喜歡坐在那裡，因為我可以坐在關起來的小窗戶後面，望向我們那棟房子的窗戶，而且沒有人能看見我。其實從那裡也看不太到什麼，面對大街的那一排，我認為都是走廊的窗戶，而且也不是每條走廊都通往主人住的地方。但也可能是我搞錯了，有人曾經在我沒有主動問起的情況下說過這些走廊都是通的，而且整棟房子外觀給人的整體印象也證明了這件事。窗戶很少打開，每次開窗的都是想要靠在護欄上透透氣的僕人。那裡是走廊，不會有人突然出現嚇到他。順帶一提，那些在樓上工作的僕人我都不認識，他們和我睡在不同的房間。

有一次，我走進小酒館時，已經有客人坐在我平常觀察的位置上。我不敢看得太仔細，才剛進門就想轉身離開。但是那位客人把我叫了過去，我才發現他也是僕人，我之前就看過他，只是從來沒和他說過話。

「你為什麼想跑走？坐過來喝酒！我買單。」於是我坐了下來。他問了我一些事情，但是我沒辦法回答，因為我聽不懂他的問題。所以我說：「也許你現在後悔請我喝酒了，我這就走。」然後準備起身離開。但是他從桌子另一邊伸手把我按住：「不要走，」他說：「這只是一場測驗。沒辦法回答問題的人就能通過測驗。」

鄰居

Der Nachbar

本篇為生前未出版之遺稿，寫於1917年，見於卡夫卡的第二本「藍色八開筆記本」中。後來由布羅德加上標題並編輯出版。

我獨力扛著自己的公司。前台請了兩位小姐，她們負責處理打字機和帳本；我自己的辦公室裡則放著書桌、保險箱、會議桌、高級沙發、電話，這就是我工作時會使用到的設備。一目瞭然，也很簡單。我還這麼年輕，這家店就落到我頭上了。我沒有在抱怨，我沒有在抱怨。

我們隔壁有間小小的空房，我猶豫了很久都無法決定要不要租，但自新年開始，卻有個年輕男子毫不猶豫地租了下來。同樣也是一房一廳的格局，但還額外設有一間廚房。一房一廳我大概都用得上，畢竟我請的兩位小姐有時也會覺得工作超過負荷，但是我要廚房做什麼？正是這點小小顧慮害我把那間房拱手讓給了別人。那位年輕的男子此時正坐在那間房內，他的名字叫做哈拉斯。我不知道他在裡面究竟在做什麼。門上寫著：「哈拉斯，辦公室。」我派人去打聽，得到的消息說他的公司和我的很類似，雖然不用擔心融資方面的問題，因為對方既年輕又肯拚，做的事業大概也具有未來性，但是也不建議他去貸款，因為種種跡象都表示他現在還沒有什麼資產。這些都是再平常不過的資訊，會給出這樣的資訊，代表人們對他其實一無所知。

我有時候會在樓梯間碰見哈拉斯，他總是瘋狂在趕時間，幾乎都是咻地一聲就從我身旁跑過。我還不曾仔細端詳過他，他每次都會事先把辦公室鑰匙拿在手上。瞬間把門打開，然後像老鼠尾巴一樣快速地溜進去，而我又再一次站在寫著「哈拉斯，辦公室」的牌子前，這面牌子明明就沒什麼，卻讓我忍不住一看再看。

簡陋的薄牆總是會出賣殷實工作的人，卻為不正直的人提供掩護。我的電話就裝在我和鄰居之間的那面牆上。不過我只是想要強調這件事有多麼諷刺，就算我把電話掛到另一側的牆上，隔壁房裡的人還是能聽得到我說的一切。我開始在講電話的時候不再提到客戶的名字，但是不用多聰明也能從無法避免的特殊用語猜出客戶的名字。有時候，我會把話筒夾在耳邊，心裡躁動不安，踮著腳尖繞著電話打轉，但是這也沒辦法阻止祕密被洩漏出去。

這當然會危及我在生意上的決策，也讓我的聲音不斷顫抖。我在講電話的時候，哈拉斯在做什麼？如果要說得誇張一點——誇張往往是必要的，這樣才能弄清楚事情的來龍去脈——我可能會這麼說：哈拉斯根本不需要電話，他用的就是我的電話，他把沙發靠在牆邊，直接偷聽我的一舉一動；而我卻必須在電話鈴聲響起時跑去接電話，接受客戶的請託，作出重大的決定，然後展開漫長的談判。但最主要的是，在這整個過程當中，我都在不自覺的情況下透過牆壁向哈拉斯報告。

他也許不會等我把電話講完，只要在談話中聽到關鍵資訊，足以讓他對整件事情瞭若指掌，他就會馬上動身，一如既往地快速穿過城市的大街小巷，搞不好在我掛上話筒之前，他就已經開始在對付我了。

小寓言

Kleine Fabel

本篇為生前未出版之遺稿，寫於1920年，為一系列極短篇創作之一。後來由布羅德加上標題並編輯出版。

「哎呀，」老鼠說，「這個世界變得一天比一天還要窄。剛開始的時候，世界大到讓我害怕，於是我一直跑，好不容易終於跑到遠處左右都看得到圍牆的地方，但是這兩道圍牆合攏的速度非常快，所以我已經來到最後一間房間了，角落裡有個陷阱，而我正要跑進去。」——「你只要換個方向跑就好了。」貓說，然後一口吃掉了牠。

卡夫卡年表

一八八三年	七月三日出生於布拉格，是赫曼·卡夫卡（Hermann Kafka）和妻子茱莉·卡夫卡（Julie Kafka，娘家姓氏為勒維）的第一個孩子。卡夫卡的兩個弟弟皆早夭。另有三個妹妹：大妹加布里耶菈（Gabriele，暱稱艾莉〔Elli〕），二妹瓦樂里（Valerie，暱稱瓦莉〔Valli〕），三妹奧提莉（Ottilie，暱稱歐特拉〔Ottla〕），三個妹妹皆死於奧斯威辛（Auschwitz）集中營。小妹歐特拉跟卡夫卡感情最好，是卡夫卡最信任的家人。
一八八九年至一八九三年	就讀肉品市場旁的男子小學：德國國民小學。

一八九三年至一九〇一年	就讀金斯基宮（Kinsky Palais）旁的舊城德語中學；通過高中畢業會考。一九〇一年卡夫卡第一次離開波西米亞，和他最親近的舅舅西格弗里德・勒維（Siegfried Löwy）同遊諾德奈（Norderney）和黑爾戈蘭島（Helgoland）。
一九〇一年至一九〇六年	入布拉格德語大學就讀法律；取得法學博士學位。當中卡夫卡曾唸了一學期的德文系，並且修過藝術史課程。
一九〇二年至一九〇四年	開始和小學同學奧斯卡・波拉克（Oskar Pollak）通信；卡夫卡最早的短篇故事〈害羞長人和存心不良者之間的惱人故事〉（一九〇二年十二月）亦出現在通信內容中，卡夫卡在信中預告準備要寫「一整卷」故事，但「無所不包」的內容其實只是些「兒時的事」：「你瞧，不快樂從很早開始就壓在我的背上了。」（一九〇三年九月六日）。
一九〇二年	結識馬克斯・布羅德，布羅德後來成為卡夫卡最親密的朋友和最信任的人。
一九〇四年至一九〇五年	大量創作散文。撰寫〈一次戰鬥紀實〉（Beschreibung eines Kampfes）初稿。

一九〇七年	撰寫〈鄉村婚禮籌備〉（殘篇）。進入「忠利保險公司」（一九〇七年十月至一九〇八年七月）。
一九〇八年	在雙月刊《西培里翁》（*Hyperion*）上以「沉思」為題首度發表八篇散文。七月底進入「波西米亞王國布拉格勞工事故保險局」工作，卡夫卡在此一直任職到一九二二年七月一日退休。
一九〇九年	從〈一次戰鬥紀實〉中摘錄出〈與祈禱者對話〉及〈與醉漢對話〉，刊登在雙月刊《西培里翁》上。和好友馬克斯．布羅德及奧托．布羅德兄弟同赴義大利北部加爾達湖（Gardasee）邊的里瓦（Riva）度假；一同造訪了在布雷西亞（Brescia）舉行的航空週。在布羅德兄弟的鼓吹下寫就具報導性質的遊記〈布雷西亞觀飛機記〉，後刊登在布拉格德語報紙《波西米亞日報》（*Bohemia*）上。開始在日記上寫札記。
一九一〇年	布羅德即時搶救下差點被卡夫卡銷毀的〈一次戰鬥紀實〉草稿。於日記中撰寫〈處於不幸〉，此短篇收錄於他後來出版的《沉思》（*Betrachtung*）的最後一篇。至巴黎和柏林旅遊。

一九一一年	與東歐猶太演員吉茨恰克・勒維結為朋友。勒維所屬劇團在布拉格演出至一九一二年。卡夫卡與意第緒語傳統劇場的接觸，啟發了他於一九一一年底在日記中寫下關於「小文學」的省思。撰寫長篇小說《失蹤者》（*Der Verschollene*，又名《美國》）的第一個版本，但此版本後來佚失了。
一九一二年	二月卡夫卡籌辦了一場演講晚會，與勒維同台，演講主題為「俚語導讀」（Einleitungsvortrag über Jargon）（這裡的「俚語」指的是意第緒語）。這篇演講稿和〈小文學〉殘篇乃卡夫卡所發表過的對語言和文學最重要的論述。卡夫卡的第一本書《沉思》出版。八月十三日在布羅德家中認識了後來的未婚妻菲莉絲・包爾；九月二十日寫下第一封給菲莉絲的信。九月二十二至二十三日徹夜撰寫短篇小說〈判決〉（Das Urteil）。至九月底一直在寫〈司爐〉（Der Heizer），亦即《失蹤者》的第一章。中間完成小說〈變形記〉（Die Verwandlung，又名〈蛻變〉），以及繼續致力寫作《失蹤者》。十二月四日在爐灶公會所舉辦的「布拉格作家之夜」上公開朗讀〈判決〉。

一九一三年	三月，第一次至柏林探望菲莉絲。《司爐》出版。〈判決〉在布羅德發行的文學年刊《樂土》（*Arkadia*）上發表。九月前往維也納、第里亞斯特（Triest）、威尼斯、里瓦旅行。和瑞士女子格爾蒂．瓦思納（Gerti Wasner，縮寫為G.W.）短暫相戀。一九一三年二月至一九一四年七月文學創作全面停滯。卡夫卡和菲莉絲的關係出現危機。和菲莉絲的好友葛蕾特．布洛赫（Grete Bloch，卒於波蘭的奧斯威辛）密集通信，她在兩人間扮演傳話者的角色。
一九一四年	六月一日和菲莉絲在柏林正式訂婚。七月十二日在阿斯卡尼旅館（Askanischer Hof）解除婚約；卡夫卡後來稱之為「旅館內的法庭」（Gerichtshof im Hotel）。開始撰寫小說《審判》（*Der Prozeß*）。第一次世界大戰爆發，卡夫卡於一九一四年八月二日於日記中寫下：「德國對俄國宣戰了。——下午上游泳課。」十月撰寫了《失蹤者》著名的奧克拉哈馬一章，以及短篇小說〈在流放地〉（In der Strafkolonie）。恢復與菲莉絲通信。十二月：撰寫〈在律法之前〉（Vor dem Gesetz）和〈鄉村教師〉。

一九一五年	撰寫〈老光棍布魯費〉（殘篇）。卡夫卡為自己租了間房間。又開始與菲莉絲·包爾見面（五至六月）。〈變形記〉發表於月刊《白色書頁》（*Die weissen Blätter*），十二月出版。獲頒「馮塔內文學獎（Fontane-Preis）」的卡爾·史登海姆（Carl Sternheim）將獎金轉贈給卡夫卡。
一九一六年	卡夫卡因為在保險局的職務重要，得以免上戰場當兵，他為此提出「抗議」，但未被接受。七月和菲莉絲一同前往馬倫巴（Marienbad）度假。十一月在慕尼黑，卡夫卡朗讀〈在流放地〉時，里爾克（Rainer Maria Rilke）很可能也在場。從一九一六年十一月至一九一七年五月，卡夫卡在妹妹歐特拉提供給他的，位於布拉格黃金巷的工作室寫作。所謂的「八冊八開筆記本」就是在這個時期寫就的（事實上應該是九冊，因為至少有一冊佚失了），這些筆記本中收錄了包括《鄉村醫生》（*Ein Landarzt*）裡的一些重要短篇（但舊版的〈在律法之前〉和〈一個夢〉並不包含在內），和〈木桶騎士〉、〈獵人格拉庫斯〉殘篇、〈中國長城建造時〉（後來卡夫卡從中獨立出〈皇帝的口諭〉），以及〈鄰居〉。

一九一七年	卡夫卡開始學習希伯來語。七月和菲莉絲二度訂婚。八月嚴重咳血，九月診斷出罹患了肺結核。罹病讓卡夫卡下定決心要和菲莉絲解除婚約（十二月正式解除）；寫給菲莉絲的最後一封信日期為十月十六日。在八開筆記本裡寫下許多箴言，完成〈女海妖〉（十月二十三日或二十四日）。九月開始到屈勞（Zürau，位於波西米亞北部），在屈勞鄉間與妹妹歐特拉一起生活了八個月。
一九一八年	撰寫最後兩冊八開筆記本，其中的作品包括〈普羅米修斯〉（一月）和〈寺廟建築〉殘篇。將所有的箴言整理成冊，一九二〇年又另外增加了八頁。五月重回勞工事故保險局上班。同盟國在軍事上的失利加速了奧匈帝國的瓦解。十月二十八日，捷克斯洛伐克共和國成立。
一九一九年	與捷克猶太人茱莉·沃里契克（Julie Wohryzek）訂婚。原定十一月的結婚計畫告吹；隔年一九二〇年七月解除和茱莉的婚約。撰寫〈給父親的信〉，但卡夫卡的父親終其一生沒有讀到過這封信。出版《在流放地》。

一九二〇年	短篇故事集《鄉村醫生》出版（但版權頁上的出版時間為一九一九年）。寫下許多箴言，並完成了為數不少的短篇故事，包括〈法的問題〉、〈招募軍隊〉、〈海神波賽頓〉、〈市徽〉、〈測驗〉、〈禿鷹〉、〈小寓言〉、〈陀螺〉等。開始和捷克已婚女記者米蓮娜・葉辛斯卡（Milena Jesenská）交往並通信。米蓮娜也是第一個翻譯卡夫卡作品的人，她將卡夫卡的一些故事翻譯成捷克文。
一九二一年	一九二〇年十二月至一九二一年八月在塔特拉山的馬特里亞里一間肺病療養院療養，並結識了同在那裡療養的年輕醫師羅伯・克羅普史托克（Robert Klopstock）。八月底返回工作崗位，又上了兩個月的班，之後開始請長假直到一九二二年七月一日退休。年底寫下兩封所謂「遺囑」中的第一封，指定馬克斯・布羅德為遺囑執行人，並囑託他銷毀自己所有的遺稿。
一九二二年	二月至八月致力於寫作小說《城堡》（*Das Schloß*）。並完成〈最初的痛苦〉、〈律師〉、〈飢餓藝術家〉、〈一條狗的研究〉、〈夫妻〉等短篇。寫下第二封「遺囑」（十一月二十九日）。

一九二三年	積極學習希伯來語。七至八月與妹妹艾莉至波羅的海的濱海小鎮米里茲（Müritz）度假，結識了來自波蘭的朵拉·迪亞芒（Dora Diamant）。九月二十四日，卡夫卡移居柏林與朵拉共同生活。寫出〈巢穴〉和〈一個小女人〉。後來朵拉依卡夫卡的指示，燒掉了為數眾多的草稿；而留在她身邊的卡夫卡遺稿，後來被納粹全數沒收，從此不知去向。
一九二四年	三月重新搬回布拉格。寫成〈女歌手約瑟芬或老鼠族群〉。病菌擴散至咽喉，卡夫卡幾乎無法進食、飲水和說話。他住進維也納附近基爾林的霍夫曼醫師療養院，由朵拉·迪亞芒和羅伯特·克羅普史托克負責照料。卡夫卡只能透過交談便箋與人溝通。開始校訂他的最後作品《飢餓藝術家》。六月三日，卡夫卡去世，六月十一日葬於布拉格城郊史特拉許尼茲的猶太墓園。八月底《飢餓藝術家，四則短篇故事》（*Ein Hungerkünstler. Vier Geschichten*）由柏林的「施密德出版社」（Die Schmiede）出版。
一九二五年	長篇小說《審判》出版。
一九二六年	長篇小說《城堡》出版。

一九二七年	長篇小說《失蹤者》出版。
一九三一年	短篇小說遺稿集《中國長城建造時》（*Beim Bau der Chinesischen Mauer*）出版。
一九三四年	短篇小說集《在律法之前》（*Vor dem Gesetz*）出版。
一九三五至一九三七年	布羅德編纂的《卡夫卡全集》出版。其中包含了布羅德撰寫的《卡夫卡傳》。

New Black 30

變形記及其他：卡夫卡中短篇小說選

Erzählungen

作　　者　法蘭茲・卡夫卡（Franz Kafka）
譯　　者　萬壹遵

堡壘文化有限公司
總 編 輯　簡欣彥
副總編輯　簡伯儒
責任編輯　梁燕樵、張詠翔
行銷企劃　黃怡婷
封面設計　許晉維
內頁排版　家思排版工作室

出　　版　堡壘文化有限公司
發　　行　遠足文化事業股份有限公司（讀書共和國出版集團）
地　　址　231新北市新店區民權路108-3號8樓
電　　話　02-22181417
Email　service@bookrep.com.tw
郵撥帳號　19504465 遠足文化事業股份有限公司
客服專線　0800-221-029
網　　址　http://www.bookrep.com.tw
法律顧問　華洋法律事務所　蘇文生律師
印　　製　韋懋實業有限公司
初版1刷　2024年7月
定　　價　380元
ISBN　978-626-7506-00-4
ESIBN　9786267375976（EPUB）
ESIBN　9786267375969（PDF）

國家圖書館出版品預行編目（CIP）資料

變形記及其他：卡夫卡中短篇小說選 / 法蘭茲.卡夫卡（Franz Kafka）作；萬壹遵譯. -- 初版. -- 新北市：堡壘文化有限公司出版：遠足文化事業股份有限公司發行, 2024.07
　面；　公分. --（New black；30）
譯自：Erzählungen
ISBN 978-626-7506-00-4（平裝）

882.457　　113008293